어른의 관계에는 마침표가 없다

KB191258

어른의 관계에는 　마침표가 없다

김재식 지음

위즈덤하우스

차례

3장.   겨울

4장. **봄**

어른의 관계에는 마침표가 없다

살면서 몇 번쯤은

영원히 곁에 남을 사람이 있다고 믿었다.

서로의 모든 것을 알고,

같은 방향을 바라보며 끝까지 함께할 사람.

아무리 힘든 일이 있어도

내 손을 놓지 않을 사람이 있을 거라고.

하지만 인생은 예고도 없이

그 믿음을 흔들어놓는다.

멀어질 리 없다고 생각했던 얼굴들이,

다시는 떠나지 않을 것 같았던 손길이

시간의 흐름 속에서 조용히 사라져간다.

어느 날 문득,
빈자리가 선명해짐을 느낀다.
식탁 위에 놓인 찻잔 하나,
창가에 놓인 의자는 더 이상
누군가를 기다리지 않는다.
휴대폰은 조용히 침묵을 지키고,
현관 앞 신발장에는
내 신발만이 가지런히 놓여 있다.

언제부터였을까.
어디서부터 멀어진 걸까.
그런 질문조차 의미 없어질 만큼,
붙잡을 수 없는 순간들이 남긴 것은
깊은 공허함이다.

나는 그제야 깨닫는다.
삶은 결국 혼자의 여정임을.
누구도 완전히 함께할 수 없고
또 끝까지 남아 있을 수 없으며,

결국 스스로를 지탱하는 힘으로
길을 걸어야 한다는 것을.

기다리던 연락이 오지 않는 밤,
들려오지 않는 위로,
이미 멀어져가는 뒷모습을 바라보며,
어리석게도 여전히
누군가 돌아오기를 기다린다.
불 꺼진 창문 앞에서,
빗물처럼 흐르는 시간 속에서.

혼자가 되는 법을 배우는 과정은
의외로 조용하게 시작된다.
커피 한잔을 천천히 마시며
창밖을 바라본다.
혼자서 영화를 보고,
혼자서 길을 걷는다.
일기장에 적어 내려가던 '우리'가
어느새 '나'로 바뀌어 있다.

모든 기대와 바람을 내려놓는다.

누군가의 위로를 기다리지 않고,

이해해주길 바라지도 않는다.

세상의 평가와 시선에서 나를 끊어내기로 한다.

홀로 서는 일은 두려운 것이 아니다.

내가 나에게 다정해지는 과정이다.

아무도 묻지 않는 안부를 스스로에게 묻고

지친 어깨를 스스로 토닥이며

내가 나에게 기대서 쉬어가는 일.

비 그친 아침,

젖은 아스팔트 위로 새로운 햇살이 비친다.

그 순간, 고독의 끝이 아니라

새로운 시작임을 어렴풋이 느낀다.

혼자라는 것을 온전히 받아들였을 때,

사람은 더 깊어지고 다정해진다.

온전히 이해하지 못해도,

멀리 떨어져 있어도,

조용히 곁을 지켜주던

사람들이 있었음을 깨닫게 된다.

가을바람에 떨어지는 낙엽처럼
사라졌다고 생각했던 인연들은
가슴 한쪽에 작은 불씨처럼 남아
잊히지 않는 온기를 전한다.
오래된 사진첩을 넘기는 손끝에서,
우연히 마주친 거리에서,
고개를 끄덕이는 미소에서,
다시 그 온기를 느낀다.

삶은 완전히 혼자일 수 없다.
누군가는 기억 속에,
누군가는 잊고 지낸 감정 속에 남아 있다.
우리는 서로의 삶에
흔적을 남기고 스쳐 지나간다.
그리고 그 흔적은
때로 삶을 지탱하는 조용한 불빛이 된다.

혼자 걸어가는 산책길,
발밑에 깔린 낙엽을 밟는 소리,
어깨에 내리는 햇살,
멀리서 들려오는 웃음소리조차

모두 위로가 된다.

결국, 혼자의 길을 걷는다는 것은
고독을 받아들이는 일이면서
다른 사람의 마음을 더 깊이 이해하는 과정이다.
홀로 걸어가지만,
언젠가 스쳐지나간 사람들,
잊힌 줄 알았던 순간들이
삶 속에서 작은 빛으로 남아
다시 걸어갈 힘을 주기 때문이다.

그래서 이제 더는 혼자가 두렵지 않다.

어른의 관계에는 마침표가 없다.
다 끝난 듯한 순간에도
마음의 문장들은 조용히 계속되고 있다.

삶은 결국 혼자의 여정이지만
혼자라는 것을 인정하는 순간,
우리는 더 깊은 관계를 맺고
단단해지며 따뜻해진다.

비록 누구도 끝까지 함께할 수 없지만,

우리가 지나온 흔적들은

여전히 서로를 기억하고 있다.

　　"삶은 완전히 혼자일 수 없다.

　　누군가는 기억 속에,

　　누군가는 잊고 지낸 감정 속에 남아 있다."

모든 것이 무너질 것 같은 날에도

누군가의 작은 인사가 세상을 지탱한다.

1장.

여름

혼자이지만 함께

깊은 밤.

사람도 자동차도 다니지 않는 조용한 길 위,

수많은 불빛들 사이에 서 있지만

나만 홀로 멈춰 있는 것 같은 기분이 든다.

하지만 가만히 들여다보면,

그 불빛들은 저마다의 자리에서 서로를 비추고 있다.

어둠 속에서도 함께 길을 밝히는 별들처럼.

우리도 그렇지 않을까.

때로 혼자라는 생각이 마음을 어둡게 하지만,

조금만 시선을 돌리면 보인다.

저 멀리서 나를 비춰주는 누군가가

그리고 내가 비추는 또 다른 누군가가.

우리는 혼자이지만 혼자가 아니다.

내가 나를 바라보면 외로운 듯해도,

세상 속에서 우리는 서로의 빛이 된다.

각자의 자리에서

고유한 빛을 내며 살아가는 우리.

그 빛이 크든 작든

어둠이 깊어질수록

서로를 더 선명하게 비춘다.

그렇게 조용히 서로의 밤을 밝혀주고 있다.

　　"우리는 혼자이지만 혼자가 아니다.

　　내가 나를 바라보면 외로운 듯해도,

　　세상 속에서 우리는 서로의 빛이 된다."

되기보다 살기

"무엇이 되고 싶어?"

어려서부터 끊임없이 무엇이 되어야 한다는
무언의 압박 속에서 살았다.
꿈을 가져야 하고 목표를 정해야 하며
끊임없이 성장해야 한다는 말들.

그렇게 더 나은 내가 되려 애썼다.
더 높은 곳으로 가 보다 많은 것을 가지고
지금보다 의미 있게 살아야 한다고 믿었다.

하지만 그럴수록 인생은 힘들어졌다.

끊임없는 목표와 욕심 속에서 스스로를 잃어갔다.

어딘가 부족한 사람처럼 느껴지고

아직 이루지 못한 것들만 마음에 쌓였다.

끝없이 남과 비교하며 스스로를 몰아세웠다.

정말 꼭 그렇게 살아야만 할까.

반드시 무엇이 되어야만 삶이 가치 있는 것일까.

어쩌면 인생은

그저 하루를 살아내는 것만으로도 충분할지 모른다.

어떤 날은 그저 숨 쉬는 것만으로,

무사히 하루를 마치는 것만으로도 다행스럽다.

"그냥 오늘 하루를 살아."

무엇이 되지 않아도 괜찮다.

지금 이 순간을 살아내는 것만으로도

삶은 충분하니까.

따뜻한 햇볕을 느끼고,

좋아하는 음악을 듣고,

소중한 사람과 함께 웃는 것.

그런 순간들이 쌓여 우리는 결국 살아간다.

"어떤 날은

그저 숨 쉬는 것만으로,

무사히 하루를

마치는 것만으로도 괜찮다."

너무 오래 혼자 있지 말자

사람은 혼자서 살아갈 수 없다.
혼자가 편할 때도 있지만 그 생각이 길어지면
어느새 세상을 경계하는 사람이 된다.

혼자가 익숙해진 어느 날,
문득 깨닫게 된다.
더는 누군가에게 먼저 연락하지 않고
굳이 만나야 할 이유도 찾지 않으며,
사소한 대화의 순간마저 놓치고 있다는 것을.

어쩌면 사람을 그리워하면서도

정작 만남은 피하고 있었는지 모른다.

우리는 사람을 만나며 살아야 한다.
그래야 보고 있는 세상이 진짜인지 알 수 있다.
혼자만의 시간이 길어질수록 시야는 좁아지고
내 생각만 옳다고 착각하게 된다.

사람을 만나야
다른 시선으로 세상을 볼 수 있다.

대화 속에서 우리는 스스로를 더 잘 알게 된다.
어떤 말에 웃고 어떤 순간에 공감하고,
무엇이 불편한지를 통해 내가 누구인지 알아간다.

물론 모든 만남이 항상 좋기만 한 것은 아니다.
어떤 만남은 상처가 되고
어떤 관계는 지치게 한다.
하지만 그럼에도 우리는 만나야 한다.

사람에게 받은 상처는
결국 사람을 통해 치유된다.

한 번의 상처가 모든 관계의 끝이 되어서는 안 된다.

세상에는 여전히 따뜻한 마음을 가진 이들과
진심으로 걱정해주는 사람들이 있다.

그러니 너무 오래 혼자 있지 말자.
때로는 귀찮고 어렵더라도.
그 만남을 통해 위로받고 배우며 성장할 수 있으니까.

"사람에게 받은 상처는
결국 사람을 통해 치유된다."

그래도, 오늘

살아간다는 것은 생각보다 고된 일이다.

어릴 때는 몰랐다.

어른이 되면 원하고 꿈꾸는 대로

삶을 살아갈 수 있을 거라고 믿었다.

하지만 세상은 그렇게 호락호락하지 않았다.

노력한다고 다 되는 것도,

최선을 다했다고 해서

반드시 좋은 결과가 따르는 것도 아니었다.

때로 이해할 수 없는 일들이 벌어지고,

원치 않는 고통이 찾아오고,

이유도 모른 채 그저 하루를 삭이며

버텨야 하는 날들도 있었다.

그래서 어떤 날은 생각했다.

"인생은 지옥이다."

삶은 매 순간 우리를 시험한다.

어떤 날은 도망치고 싶고,

그냥 사라지고 싶다.

아무리 애써도 변하지 않는 현실 앞에서

무력감을 느끼고,

아무도 내 마음을 몰라주는 것 같아

깊은 외로움에 잠기기도 한다.

그런 날들이 반복되다 보면 점점 지쳐간다.

언제쯤 끝이 날까, 이 고통이 언제쯤 사라질까.

하지만 힘들다고 해서 삶이 멈추는 것은 아니다.

버겁다고 해서 시간이 나를 기다려주지도 않는다.

우리는 그 속에서 어떻게든 살아가야 한다.
버텨야 한다.

그러다 어느 순간, 깨닫게 된다.
지옥 같은 날들 속에서도 따뜻한 순간들이 있었음을.
버티는 와중에도 작은 행복들이 스며들고 있었음을.

모든 것이 무너질 것 같은 날이면 스스로에게 묻는다.

"그래도 오늘 하루 괜찮았던 순간은 없었을까?"

누군가가 건넨 작은 인사,
따뜻한 커피 한잔,
라디오에서 좋아하는 노래가 흐르던 순간.
그런 사소한 것들 속에서 살아갈 이유를 찾는다.

그렇게 오늘도 우리는 살아간다.

　"모든 것이 무너질 것 같은 날에도
　누군가의 작은 인사가 세상을 지탱한다."

관계의 무게중심

나이가 들수록 관계는 소원해진다고들 한다.

어릴 때는 친구가 전부였고,

회사에 다니면서는 동료들과의 관계가 중요했다.

하지만 가정을 이루고 아이가 태어나면

자연스럽게 가장 소중한 대상이 달라진다.

마음이 변한 것도, 관계를 포기한 것도 아니다.

여전히 같은 마음을 지녔지만

주어진 삶을 살아가려 집중의 대상이 변했을 뿐이다.

나이가 들수록 해야 할 일이 많아지고,

책임져야 할 것들이 늘어난다.

예전처럼 자주 연락하고

긴 시간을 함께하기는 어려워진다.

그럼에도 관계는 이어진다.

자주 만나지 않아도, 서로의 삶이 바빠도

그 시간을 이해하는 관계라면

멀어지는 것이 아니라 다른 방식으로 이어지기 마련이다.

"관계가 멀어진 것이 아니라

삶의 무게중심이 달라졌을 뿐이다.

서로를 이해하는 마음만 있다면

그 관계는 언제든 이어지기 마련이다."

세상과 나 사이에서

세상이 참 소란스럽다고 느꼈다.

흘러오는 뉴스는 늘 걱정을 안겨주었고,

사람들의 얼굴에는 피곤함이 가득했다.

나 역시 그 무게 속에서

무엇부터 해야 할지 모르는 하루를 견디고 있었다.

너무 힘들다고,

어디에도 마음 둘 곳이 없다고 아버지에게 말했다.

내 말을 조용히 다 들으시고 아버지는 짧게 대답하셨다.

"세상에 관심을 갖고, 네 생각을 표현하는 것도 중요하다.

하지만 그 혼란 속에서도
오늘 해야 할 일을 잊지 마라.
세상이 흔들릴지라도 삶의 중심을 놓지 말아야 한다."

처음에는 단순한 말처럼 들렸다.
내 복잡한 마음을 다 이해하지 못한 것처럼 느껴졌다.
세상이 흔들리는데 일상이 무슨 의미가 있을까 싶었다.

하지만 시간이 지나도 그 말이 자꾸만 떠올랐다.
소란한 세상 속에서도 마땅히 해야 할 일을 하는 것,
내 삶을 붙잡고 있다는 것이 얼마나 중요한지 깨달았다.

세상이 어지러울수록 사람은 자신을 잃기 쉽다.
해야 할 일을 미루다 지금 이 순간을 놓쳐버리고,
결국 스스로를 놓아버리는 것.
아버지는 그것을 경계하셨다.

세상이 아무리 소란스러워도
삶의 중심을 잡아야 한다는 것.
그 중심이 흔들리지 않도록
스스로에게 약속한 것들을 지켜야 한다는 것.

그래서 나는 오늘도 묵묵히 해야 할 일을 한다.

비록 작은 일이어도,

누구도 알아주지 않을지라도.

그렇게 지켜낸 하루하루가

결국 나를 살아가게 하는 힘이 될 테니까.

"세상이 어지러울수록,

사람은 자신을 잃기 쉽다.

그러나 작은 일상이

우리를 지탱한다."

어릴 적 꿈은 단순했다.
돈을 많이 벌어서 큰 집을 짓고,
내가 사랑하는 사람들과 함께 사는 것.

그때는 사랑하는 사람들과 매일 같이 웃고
시간을 보내면 그게 행복이라고 믿었다.

하지만 그게 꼭 좋은 것만은 아니었다.
어쩌면 내 욕심이었을지도 모른다.
사랑하는 사람들을 곁에 두고
멀어지지 않기를 바랐던 것.

함께한다는 것은

단순히 사랑하는 마음만으로 되는 일이 아니었다.

그 안에는 조심해야 할 말들과

배려해야 할 순간들이 있으며,

맞추어야 하는 생활 방식이 있었다.

어릴 때는 가까울수록 좋은 관계라고 생각했다.

서로 모든 것을 공유하고,

항상 함께해야 진짜 가까운 사이라고 믿었다.

하지만 시간이 흐르고 나서야 깨달았다.

가까이 있다고 해서 꼭 더 깊이 연결되는 것은 아님을.

함께 살면서도 멀어질 수 있고,

오히려 적당한 거리를 두었을 때

더 편안하게 이어지는 관계도 있음을.

함께한다는 것은 때로 한때여야 함을 이제는 안다.

  "가까울수록 좋은 관계인 줄 알았다.

  하지만 적당한 거리를 둘 때

  우리는 더 오래, 편안하게 함께할 수 있었다."

지친 어깨 위의 시간

퇴근길, 무거운 가방을 메고 걷다 문득 생각했다.
시간이 갈수록 조금씩 어깨가 무거워지다 못해
움츠러드는 것을 느낀다.
가슴을 펴고 등을 꼿꼿이 세워보지만
어느새 다시 구부정하게 돌아와 있다.

보이지 않는 무게들이 어깨를 누른다.
지나온 날들의 흔적,
지켜야 했던 약속들,
남몰래 삭인 눈물들.
그 모든 것들이 쌓여 어깨를 짓누른다.

때로는 책임이라는 이름으로,

때로는 사랑이라는 이유로,

때로는 그저 일상을 버티기 위해.

지워야 할 기억들,

끝내 풀지 못한 마음들,

아직 보내지 못한 사람들의

무게는 오롯이 혼자만의 것이다.

시간이 지나면 가벼워질 거라고들 한다.

하지만 내려놓기가 쉽지 않다.

대신 나는 그 무게와 함께 걷는 법을 배웠다.

내려놓을 수 없다면

조금 더 익숙해지면 된다.

발걸음이 느려져도, 어깨가 휘어져도

걸어가면 된다.

지친 어깨를 매만지며 다시 또 걸음을 옮긴다.

비록 가벼워지지 않더라도 이제는 견딜 수 있다.

지친 어깨 위의 시간은

나를 더 단단하게 만든다.

"어깨 위에 쌓인 시간들이

때로는 무겁고 아프지만

그래도 걸어가는 동안

조금씩 나다워진다."

닫힌 문 앞에서

마음과 마음 사이에는
보이지 않는 벽이 있다.
누군가의 침묵이, 누군가의 거리가
우리 사이의 경계가 된다.

모든 마음이 열릴 수 없고,
모든 관계가 가까워질 수 없다는 것.
그것 또한 삶의 진실이다.

대신에 서로의 경계를 지키며
함께 살아가는 법을 배운다.

마음을 전하되 상대에게 강요하지 않고
그 사람의 시간을 기다리는 법을.

어떤 문은 끝내 열리지 않을 수도 있다.
하지만 잘못된 것은 아니다.
서로 다른 마음으로 살아가는 것,
그것 또한 우리가 받아들여야 할 삶의 모습이다.

닫힌 문 앞에서
나의 마음을 돌아보고 상대의 침묵을 이해하며,
그렇게 조금 더 성장해간다.

때로 열리지 않는 문 앞에서
발걸음을 돌리는 것도
서로를 위한 배려가 된다.
그것 또한 사랑하는 한 방법임을 안다.

"우리는 서로의 경계를 지키며
함께 살아가는 법을 배운다.
마음을 전하되 상대의 마음을 강요하지 않고,
그 사람의 시간을 기다리는 법을."

관계의 균열

모든 관계에는 작은 균열이 있다.

처음에는 보이지 않을 만큼 미세하지만,

그 틈은 우리가 모르는 사이 조금씩 깊어져간다.

잠깐의 어긋난 시선,

짧은 침묵, 무심한 한마디가

서로의 마음을 서서히 멀어지게 만든다.

'나를 이해하지 않는다'라는 생각이 쌓이면

상대의 말에 귀를 닫게 되고,

점점 마음의 거리를 두게 된다.

말하지 않은 감정과 표현되지 않은 갈등은
사라지지 않고, 마음속에 남아
균열이 되어 언젠가 드러난다.

침묵은 상처가 되고, 사소한 오해는 벽이 된다.
서로의 다름을 받아들이지 못하면
그 벽은 점점 높아지고
결국, 마음이 닿을 수 없는 거리가 생긴다.

돌아가고 싶은 마음이 있어도
이미 너무 멀어진 후라면
닿고 싶어도 닿지 못하는 순간이 찾아온다.

하지만 균열이 깊어지기 전에
서로를 이해하려는 마음이 있다면
관계는 다시 이어질 수 있다.

소통과 공감
그리고 진심 어린 이해만이
그 틈을 메우는 유일한 방법이다.

"관계의 균열은

작은 틈에서 시작되지만,

우리의 선택에 따라 회복될 수도,

영원히 멀어질 수도 있다."

"괜찮아요"라고 말한 날들

"괜찮아요"라고 말하면서
눈물을 참던 그 순간부터였을까.

감정을 숨기는 연습은
어릴 때부터 자연스럽게 시작됐다.
좋은 아이, 예의 바른 학생, 착한 친구.

시간이 흐르며
작은 연기는 점점 더 정교해지고,
복잡한 얼굴을 만들면서 살게 되었다.

세상이 기대하는 모습에 맞춰
나의 마음을 조각했다.
완벽한 퍼즐 조각처럼
어딘가에 꼭 맞는 사람이 되기 위해,
깎고 다듬으며 나를 잃어갔다.

그럴싸한 프로필 사진과 가상의 완벽한 필터 속에서
마치 행복한 삶을 사는 것처럼 포장한다.
그렇게 사람들이 원하는 모습이 될수록,
나는 점점 더 나와 멀어진다.

가면을 벗고 나면, 아무것도 남지 않을까 봐 두려워진다.

가면을 벗는다는 것은
용기가 아니라 잔인할 정도로
나에게 솔직해지는 일이다.

무엇이 진짜 나를 규정하는가.
사회의 기대인가,
남들의 시선인가,
아니면 자기 내면의 목소리인가.

그 질문 앞에 선다는 것은
그동안 쌓아온 가면들이 부서짐을 감당하는 일이다.

가면을 벗기란 두렵다.
하지만 더 무서운 일은
평생 그 가면 속에 갇혀 사는 것이다.

우리는 사회적 기대라는 금형에
자신을 맞추려 애쓰지만,
완벽한 퍼즐 조각이 될 필요는 없다.
흠이 있고 모양이 조금 달라도 괜찮다.

그 불완전함이 바로 나다.
그것을 인정해야 비로소 자유로워질 수 있다.

"가면을 벗는다는 것은
용기가 아니라
나에게 잔인할 만큼
솔직해지는 일이다."

다른 창의 풍경

종종 같은 창밖을 바라보다가도
자칫 시선이 어긋나면
서로가 보는 것의 의미는 달라진다.

같은 하늘 아래에서,
같은 풍경을 눈에 담아도
내가 보는 것과 네가 보는 것 사이에는
보이지 않는 간극이 존재한다.

서로 다른 시선은
진실을 바라보는 방식을 다르게 만든다.

내가 느끼는 아픔이

너에게는 그저 스쳐가는 일이 될 수도 있고,

너의 환한 웃음이

내게는 보이지 않는 불편함으로 다가올 수도 있다.

우리의 문제는

서로의 시선을 이해하려 하지 않는 데 있다.

그 차이를 좁히려 노력하지 않는다면,

마치 평행선처럼 끝내 못 닿을지도 모른다.

엇갈린 시선은 관계의 거리를 만들고

말하지 않으면 그 거리는 더 멀어진다.

알면서도 이해하려 하지 않으면,

그 차이는 틈과 벽이 된다.

그러나 그 차이를 인정하고

서로를 이해하려는 노력이 있다면,

우리는 다시 가까워질 수 있다.

완전히 같아질 수는 없겠지만,

서로의 창을 들여다보려는 작은 시도가

결국 우리 사이를 연결한다.

　　"엇갈린 시선 속에서 우리는

　　서로를 이해하는

　　작은 창을 발견한다."

마음의 모자이크

어린 시절, 어머니와 함께 퍼즐을 맞추던 기억이 있다.

맞춰지지 않는 조각을 들고 한참 고민하다가

마침내 제자리를 찾았을 때의 뿌듯함.

무언가를 완성해냈다는 감정은

오랫동안 마음에 남았다.

하지만 살면서 깨달았다.

인생은 퍼즐처럼 깔끔하게 맞춰지지 않음을.

엉뚱한 곳에 그림을 끼워 넣어야 할 때도 있고

아예 다른 조각이 끼워진 순간도 있음을.

마음은 때로 깨진 거울 같았다.
무수한 조각으로 산산이 부서져
날카로운 모서리로 나를 찔렀다.
어제의 기쁨, 오늘의 슬픔, 내일의 불안이
서로 다른 방향을 가리키며 충돌했다.

기쁨과 슬픔, 기대와 후회, 사랑과 상처.
그 모든 조각들이 엉켜 있을 때
나는 그 감정들을 하나씩 정리하려 애썼다.

하지만 감정을 억누를수록 마음은 더 크게 요동쳤다.
바람 부는 날 모래성을 쌓듯,
붙잡을 수 없는 순간들이었다.

강물은 바위를 만나며 갈라지지만,
흘러가며 다시 하나가 된다.

삶도 그렇다.
흩어지고 멀어지는 순간들이 있지만,
그 모든 조각이 모여 더 깊고 넓어진다.

천천히 조심스럽게 마음의 조각들을 들여다본다.
울고 때로는 웃으며 그 이야기에 귀를 기울인다.

슬픔의 조각은
내가 얼마나 깊이 사랑할 수 있는지를,
분노의 파편은
지키고 싶은 가치가 무엇인지를 말해주었다.
기쁨에 빛나는 조각들은
내 삶의 의미를 비추어주었고
불안의 그림자는
성장을 위한 발판이 되어주었다.

세상에 완벽한 조화란 없다.
그저 있는 그대로의 나를 받아들이고
끊임없이 성장하려 노력하는 과정만 있을 뿐이다.

마음의 모자이크를 만드는 일은
평생의 작업이다.

매일 조금씩 내 안의 다양한 감정들을
인정하고, 포용하고, 재배열하는 과정.

그 속에서 조금씩 더 나은 내가 되어간다.

어긋난 조각들이 만들어내는 독특한 무늬.
그것이 바로 나만의 이야기,
나만의 아름다움이다.

비록 조각난 채로 남아 있을지라도,
그 모든 순간이 모여 나를 만든다.

　　"어긋난 조각들이 만들어내는
　　독특한 무늬.
　　그것이 바로 나만의 이야기,
　　나만의 아름다움이다."

흔들리며 단단해지다

삶이란

어떤 날은 거센 파도처럼,

어떤 날은 잔잔한 물결처럼 밀려와

우리 마음을 흔들어놓는다.

크고 작은 문제들이 마음을 휘젓고,

예기치 못한 일들이 발목을 잡는다.

흔들리면서도 중심을 잡으려 애쓰는 그 순간,

내 안의 보이지 않는 힘은

조금씩 더 강해지고 있는지도 모른다.

단단함은 크고 대단한 성취가 아니라
작고 사소한 순간들에서 비롯된다.

포기하고 싶었던 목표를 조금이라도 붙잡아본 순간,
실수한 날에도 다그치기보다는
한 걸음 더 나아가기로 한 순간.

이런 작은 선택들이 모여 단단한 나를 만들어간다.
사소한 오늘의 성취가 쌓여 내일의 더 큰 용기를 낳는다.

큰 결심이나 완벽한 치유를 기다릴 필요는 없다.
아물지 않은 상처를 안고서도,
흔들리는 발걸음이라도
조금씩 앞으로 나아가는 것.
그것만으로도 매일 조금씩 단단해진다.

돌아보면
한때 거센 파도처럼 느껴졌던 순간들이
이제는 잔잔한 물결처럼 내 안에 고요히 머물러 있다.

매일 흔들리며 조금씩 앞으로 나아가지만

그 발걸음 속에 어제보다 더 깊어진 평온이 깃들어 있다.

매일 조금씩 단단해지는 일은
폭풍 속에서도 중심을 잃지 않는 바다처럼,
흔들리면서도 끝내 나를 지켜내는 일이다.

"우리는 매일 조금씩 흔들리며 산다.
거대한 파도처럼
때로는 잔잔한 물결처럼."

어제보다 나은 오늘

아침은 늘 조용히 찾아온다.
어제의 무거운 마음을 달래줄 새날이
빛을 머금고 천천히 문을 두드린다.

어제는 힘겨운 날이었다.
넘어지고, 무언가를 잃고,
다시는 일어설 수 없을 것 같았다.

그러나 아침이 오면
다시 걸어야 함을 안다.
어제가 가장 힘든 날이었더라도,

오늘은 새로운 가능성으로 남아 있다.
그래서 우리는 다시 살아보기로 한다.

어제보다 나은 오늘은
극적인 변화로 시작되지 않는다.

작은 습관, 한 걸음 더 걸어보려는 약간의 용기,
자신에게 건네는 다정한 말 한마디.
이 모든 사소한 선택들이
더 나은 오늘을 만들어간다.

조금 더 인내하고
조금 더 자신을 믿어보는 마음.
타인의 인정이 아닌
스스로 만족하는 순간을 기다리는 것.

작은 노력이 쌓여
어느새 더 나은 삶이 되어 있을 거라는
믿음이 필요하다.

어제보다 나은 오늘을 만든다는 것은

다시 일어서는 용기를 갖는 일이다.

넘어졌어도 다시 일어설 수 있는 마음,

그 마음이 어제보다 나은 오늘을 만들어간다.

조금 더 용감하게 자신을 사랑하며,

세상의 기준이 아니라 내 마음의 기준으로

더 나은 날을 만들어가는 것.

그렇게 작은 하루들을 쌓아가다 보면,

어느 날 문득 더 나아진 내 모습을 발견하게 될 것이다.

"어제보다 나은 오늘은

극적인 변화가 아니라,

조용한 다짐과 한 걸음씩 내딛는

용기에서 시작된다."

단정하지 않는 마음

사람들은 무엇이든 쉽게 정의하고 단정 짓기를 좋아한다.
마치 그래야만 세상이 단순해지고 이해하기 쉬워지는 듯.

"저 사람은 이런 사람이야."
"그 상황은 이렇게 흘러갈 거야."

말하고 나면 더는 생각할 필요가 없어진다.
하지만 단정하는 순간 중요한 것을 놓치고 만다.

나는 누군가가 나를 단정하는 게 불편하다.
어떤 날은 조용하고, 어떤 날은 말이 많고,

어떤 순간에는 강해 보이지만,

또 어떤 순간에는 약할 수도 있는 나를

단 한마디로 정의하는 게 억울하다.

그래서 사람을 쉽게 판단하지 않으려 했다.

하지만 어느 날,

나 역시 누군가를 단정 짓고 있음을 깨달았다.

겪어보지도 않았는데,

대화 한마디 나누지 않았는데,

첫인상만으로 별로일 것 같다고 판단해버렸다.

그 모습을 본 친구가 말했다.

"저 사람 의외로 괜찮아."

그 한마디에 생각했다.

'혹시 내가 틀렸을 수도 있지 않을까?'

그리고 실제로 겪어보니,

그는 놀라울 정도로

따뜻하고 예의 바른 사람이었다.

그때 깨달았다.

내가 얼마나 쉽게 사람을 나누고

판단하며 단정 짓고 있었는지를.

우리는 사람뿐만 아니라 세상도 단정한다.
그리고 그런 생각 속에서 많은 것을 놓친다.

세상의 모든 것이 그렇다.
조금 더 자세히, 오래 들여다봐야 보이는 것들이 있다.
그리고 보이는 것이 전부가 아닐 수도 있다

어제 보았던 하늘과 오늘의 하늘은 다르고,
늘 지나던 골목에서 처음 보는 것들을 발견하기도 한다.
창밖의 나무는 어제와 같아 보이지만
자세히 보면 어느새 새순이 돋아 있다.

조금만 들여다보면 모든 순간이 새롭다.
어쩌면 세상이 멈춘 게 아니라
우리가 보지 못한 것일지도 모른다.

우리는 누구도, 어떤 것도
단정할 수 없다.
사람도, 세상도 늘 변하고 있다.

어제의 나는 오늘의 나와 다르고,
어제의 당신도 오늘의 당신과 다르다.

이제는 무엇이든 쉽게 판단하지 않으려 한다.
한 번 더 지켜보고, 한 번 더 다가가고,
그렇게 마음을 열어보려 한다.

단정 짓지 않는 여유를 가질 때,
사람과 사람 사이에도,
세상을 바라보는 시선 속에도
조금 더 많은 것들이 보이기 시작할 테니까.

　　"단정 짓는 순간, 우리는 많은 것을 놓친다.
　　한 번 더 지켜보고, 한 번 더 들여다볼 때
　　비로소 보이는 것들이 있다."

망설이는 마음 그러나 닿고 싶은 마음

전화벨이 두어 번 울리더니 끊어졌다.

스팸 전화인가 싶어 확인했더니 친구였다.

잘못 걸어서 금방 끊은 건가 싶었지만,

이참에 통화해야겠다 싶어 전화를 걸었다.

"야, 왜 전화를 걸다 말아?"

웃으며 인사했더니, 예상치 못한 대답이 돌아왔다.

"아…… 나 요즘 이상한 버릇이 생겼어.

전화를 끝까지 못 하겠더라고."

그 순간 무슨 뜻인지 바로 이해했다.

"어, 그거 뭔지 알아. 나도 그래."

친구가 놀란 듯 되물었다.

"진짜? 너도?"

"응, 한참 됐어.

통화 연결음을 끝까지 기다리고 있으면

왠지 상대가 꼭 받아야 할 것 같은 느낌이 들잖아.

마치 '내 전화 받아' 하고 강요하는 것 같아서……."

"맞아, 나도 그래!"

언제부터일까.

누군가에게 연락하는 일이 점점 망설여지기 시작했다.

처음에는 통화가 그랬고,

이제는 먼저 메시지를 보내는 것조차 망설여진다.

'지금 연락하면 방해가 되지는 않을까?'

'괜히 불편하게 만드는 것은 아닐까?'

그 짧은 고민이 점점 길어지고,

연락 한 번 하는 데도 많은 에너지를 쓰게 된다.

그러다 결국, 이제는 먼저 연락하지 않는다.

과정 자체가 너무 피곤해졌기 때문이다.

어쩌면 타인의 공간과 시간을 존중하는 마음이

커진 탓인지도 모른다.

예전에는 전화벨이 울리면 받는 게 당연했는데,

이제는 상대의 조용한 일상을 방해하는 것처럼 느껴진다.

그 이면에는

거절당할까 봐 두려운 마음도 있을 것이다.

통화 연결음이 끝까지 못 가고 끊길까 봐,

문자에 답이 늦게 오거나 아예 오지 않을까 봐.

예전 같았으면 단순히 '바쁜가 보다' 하고 넘겼을 일들이,

이제는 '내가 괜히 방해한 걸까?' 하는 고민으로 바뀌었다.

그러다 보니 단순한 안부조차도 망설여진다.

그것은 요즘 사람들의 공통된 감정일지도 모른다.

연결되어 있지만, 동시에 조심스러워지고 있다.

연락이 점점 더 신중한 일이 되어버린 분위기 속에서,

서로에게 다가가는 게 부담스러워진 것일지도.

그렇다고 해서
우리가 서로를 필요로 하지 않는 것은 아니다.
연락을 받으면 반가운 것은,
내심 연락을 기다리고 있었다는 뜻일 테니까.
다만, 그 한 걸음을 내딛는 게 어려워졌을 뿐.

그러니 가끔은 너무 많은 생각 없이
그냥 전화를 걸어도 되지 않을까.

내가 고민하는 만큼,
상대도 같은 고민을 하고 있을지 모른다.
그러니 내가 먼저 건네는 인사가
누군가에게는 반가운 위로가 될 수도 있다.

때로는 망설이지 말고, 가볍게 전화 한 통 걸어도 괜찮다.
서로를 기다리느라 더 멀어지지 않기 위해.

　　"우리는 서로를 기다리느라
　　점점 멀어지고 있는지도 모른다."

서로의 계절

무너진다는 것은

서로에게 기대 쉬어갈 수도 있다는 뜻이다.

창가에 기대 앉은 당신의 어깨가

내 어깨와 맞닿을 때처럼.

혼자라고 생각했던 시간도

문득 고개를 들면 같은 하늘을 보고 있는 누군가가 있다.

눈 떠 있는 밤은 언제나 길다.

하지만 어둠 속에서도 건너편 창의 불이 켜져 있다.

편의점 앞에서 우산을 나누는 낯선 이의 손길이,

차가운 빗속에서 피어나는 봄날의 온기가 된다.

전화기 너머로 들리는 목소리는 멀다.
하지만 숨소리에 담긴 그리움은 가깝다.

서로 다른 방향으로 걸어가면서도,
같은 달을 보며 잠드는 우리처럼.

밤하늘의 별들은 홀로 빛난다.
하지만 그 빛이 모여 은하수를 이루듯,
창밖의 수많은 불빛도 제자리에서 서로를 비춘다.
각자의 밤을 살아가면서도 서로의 등불이 되는 우리처럼.

상처는 흐르는 시간처럼 깊어진다.
그러나 그 흔적 위로 새살이 돋아나듯,
우리도 조금씩 자란다.
서로의 아픔을 알아보는 눈빛 속에서
치유는 이미 시작되고 있다.

이별은 낙엽처럼 쌓이고 그 자리에 새순이 자라듯
새로운 인연이 찾아온다.

떠나간 발자국 위로 새로운 발자국이 겹쳐지는 것처럼.

기다림은 창가에 놓인 화분을 키우는 일과 같다.
매일 물을 주고 햇빛을 들이며, 조용히 성장을 지켜본다.
시간이 쌓이면서 뿌리는 깊어지고,
잎은 하늘을 향해 자란다.

그러면서 발견한 것은 작은 진실이었다.
혼자여도 우리는 연결되어 있다.
마치 하나의 나무에서 떨어진 씨앗들이
각자의 자리에서 자라다가 숲을 이루는 것처럼.

우리는 혼자이지만,
서로를 만나 결국 숲을 이룬다.

"무너진다는 것은
때로는 서로에게
기대 쉬어갈 수도 있다는 뜻이다."

따로 또 같이

큰아버지는 평생 농사를 지으며 사셨다.

해가 뜨면 밭으로 나가고,

해가 지면 땅을 정리하며 하루를 마무리했다.

큰어머니도 늘 그 곁에서 함께했다.

씨를 뿌리고, 김을 매고

수확한 곡식을 정리하며 한 계절을 보낸 뒤

또 다른 계절을 맞이했다.

그분들의 삶은 늘 묵묵했다.

힘들어도 불평하지 않았고,

고단해도 내색하지 않았다.

함께했지만 서로에게
다정한 말을 건네는 일은 드물었다.
그것이 두 분이 살아가는 방식이었다.

나는 두 분의 관계를 잘 알지 못했다.
아니, 알려고 하지 않았다.
명절이나 집안 행사가 있을 때만 뵈었고,
그마저도 몇 마디 나누지 못했다.
가족이었지만
어쩌면 남보다도 먼 사이였는지 모른다.

그러던 어느 날,
큰어머니가 넘어지셨다는 소식을 들었다.
큰아버지와 함께 수영장에 가다가
버스를 놓치지 않으려 뛰다가 넘어지신 거라고 했다.
그때는 그냥 다친 줄 알았다.
며칠 지나면 나으시겠지 싶었다.

그런데 뜻밖의 소식이 전해졌다.
큰어머니가 암으로 상태가 심각하다고 했다.
문병을 가니 큰아버지가 담담히 말씀하셨다.

"죽어서나 오지, 뭐 하러 오냐."

그 말 속에는 섭섭함도,
가족들에게 표현하지 못한 감정들도
묻어 있었을 것이다.

그리고 며칠 뒤, 큰어머니는 세상을 떠나셨다.

그 후로,
큰아버지는 매일 산소를 찾아
물을 주고 오신다고 했다.
이유를 묻자 천천히 말씀하셨다.

"병원에 있을 때, 네 큰어머니가 그러더라.
목이 너무 타는데 물 좀 주라고.
그런데 의사가 안 된다고 했다.
복수가 차서 위험하다고.
입술만 적셔주라고 하더라.
그때 그냥,
마시고 싶은 만큼 마시게 해줄걸.
어차피 떠날 거였는데."

그 말을 듣고
나는 한동안 아무 말도 할 수 없었다.

우리가 본 큰아버지는 무뚝뚝한 사람이었다.
큰어머니와 손을 잡거나
다정히 말을 건네는 모습은 본 적이 없었다.
늘 퉁명스럽고,
거리를 두고 있는 것처럼 보였다.

그런데 이제는 알 것 같았다.
사랑은 꼭 말로 표현되지 않음을.
큰어머니가 살아 계실 때
크게 표현한 적은 없지만,
그 마음은 언제나 같은 자리에서
움직이고 있었다는 것을.

평생 농사를 지으며 살아온 두 사람은
각자의 방식대로,
각자의 자리에서
서로를 지키며 살았다.
때로는 따로,

때로는 같이.

세상은 바쁘게 돌아가지만,
그 속에서 우리는 각자의 방식으로
누군가를 지키며 살아간다.

큰아버지와 큰어머니도 그랬다.
한 사람은 묵묵히 일하고
한 사람은 조용히 곁을 지키며,
그렇게 긴 시간을 함께했다.

그러다 한 사람이 떠나고 나서야 알게 된다.
그 사랑이 얼마나 깊었는지를.

있을 때는 모른다.
내가 더 사랑하는 줄 알았지만,
실은 더 많이 사랑받았다는 것을.
다 지나고 나서야 알게 된다.

그렇게 각자의 자리에서
각자의 방식으로 서로를 지켜온 두 사람처럼,

우리도 그렇게 살아가는지 모른다.

따로 또 같이.
각자의 전쟁 같은 삶 속에서도
서로를 지키며.

"우리는 저마다의 방식으로
서로를 지키며 살아간다.
때로는 멀리서,
때로는 가까이에서,
그렇게 묵묵히."

전하지 못한 말들의 자리

어떤 말들은 끝내 전해지지 못한 채
마음속 깊은 곳에 남아 있다.
누군가에게 닿아야 할 말이었지만,
그 순간을 놓치고 나면
더는 꺼내기 어려워진다.

고맙다는 말,
미안하다는 말
그리고 사랑한다는 말.

어쩌면 그 말들은

편지에 쓰일 수도 있었을 것이다.

한 글자 한 글자 꾹꾹 눌러 적어

그 마음을 고스란히 담아

보내졌을 수도 있다.

하지만 보내지 못한 편지는

끝내 손안에만 머물러 있다.

가끔은 그렇게 말 대신 마음을 삼키며 살아간다.

상대방이 받을 상처가 두려워서,

말을 꺼내는 순간 돌이킬 수 없을 것 같아서.

내 감정이 상대에게 너무 버거울까 봐.

그렇게 삼킨 말들은 시간이 흐를수록

내 안에 깊숙이 자리 잡는다.

너무 늦어서 전할 수 없어진 고백,

이미 멀어진 사람에게 보내지 못한 미안함.

가끔은 애틋하고,

가끔은 후회스럽고,

아무렇지도 않은 듯 지나가다가도

어느 날은 문득 그때의 말이 입안에서 맴돈다.

시간이 흐르면 알게 된다.
그때 하지 못한 말들이
우리를 더 깊이 변화시키고 있음을.

어느 조용한 밤, 누군가를 떠올리는 순간
혹은 오랜 기억 속을 천천히 지나칠 때.

전하지 못한 말들은 사라지지 않는다.
말하지 못한 채 남겨진 감정들은
시간이 흐를수록 더 선명해진다.
어떤 날은 나를 아프게 하지만
어떤 날은 나를 더 좋은 사람으로 만들기도 한다.

전하지 못한 '미안해'는
우리를 더 조심스러운 사람이 되게 하고,
끝내 닿지 못한 '고마워'는
다른 인연 속에서 더 따뜻한 사람이 되게 한다.

그리고 언젠가,
문득 용기가 나는 날이 오면
그 말들을 전할 수도 있을 것이다.

비록 그 사람이 아닐지라도.

우리는 언젠가 또 다른 순간을 마주할 것이다.
그때는 머뭇거리지 않고 전할 수 있기를.

전하지 못한 말들은
여전히 우리 마음 한편에
조용히 자리하고 있다.

"전하지 못한 '미안해'는
우리를 더 조심스러운 사람이 되게 하고,
끝내 닿지 못한 '고마워'는
다른 인연 속에서 더 따뜻한 사람이 되게 한다."

영원할 것만 같던 모든 순간도 결국 지나가고,

남은 것은 내가 빛나던 기억뿐이다.

2장.

가을

살아 있는 동안

어릴 적에는 그런 생각을 했다.
내가 죽으면 얼마나 많은 사람이 올까.
그 사람들은 나의 죽음을 슬퍼할까.
내 빈자리를 기억할까.

마치 많은 이들의 애도 속에서 떠나야
잘 살았다고 증명이라도 되는 듯 착각했었다.

이제는 주변의 많은 관계들이
하나둘 곁을 떠나기 시작했다.

삶은 그렇게 흘러간다.

누군가는 떠나고,

남겨진 사람들은 또 살아간다.

눈물은 마르고,

기억은 흐려지고,

그렇게 모든 것은 잊힌다.

떠난 후가 아니라

살아 있는 동안이 중요함을.

이제는 알겠다.

내가 떠난 후,

누가 날 기억할지는 중요하지 않다.

그때가 되면 어차피 난 이 세상 사람이 아니고,

누구나 언젠가는 그렇게 잊히니까.

대신 살아 있는 지금,

사랑하는 사람들에게

조금 더 다정해지기로 했다.

머뭇거리지 않고, 아껴두지 않고
곁에 있을 때 따뜻하게 안아주기로 했다.

언젠가 갑자기 이 세상을 떠나게 되어도
그 순간 누구도 그립지 않을 수 있게.

"오늘,
내가 사랑하는 사람들에게
조금 더 다정해야겠다.
어느 날 갑자기 떠나게 되어도
누구도 그립지 않을 수 있도록."

정들면 안 돼

"정들면 안 돼."

그 말을 처음 들었을 때는 이해하지 못했다.
왜 안 되는 걸까.
사람과 사람이 만나면 자연스럽게 정이 쌓이고,
함께한 시간만큼 가까워지는 게 당연한 것 아닌가.

어느 날 누군가가 말했다.
"정들면 더 힘들어.
떠나보낼 때, 놓아야 할 때 너무 아프거든."

그제야 알 것 같았다.

정이 든다는 것은,

결국 언젠가는 이별을 마주해야 한다는 뜻이었다.

우리는 살면서 수많은 관계를 맺는다.

사람을 만나고, 사랑하고

때로는 의지하며 함께 살아간다.

그러다 어느 순간,

관계를 끝내야 할 때가 온다.

떠나거나 멀어지거나

아니면 변해버리거나.

그러면서 깨닫는다.

정이 든 만큼,

상처가 남는다는 것을.

"이럴 거면 처음부터 덜 좋아할걸."

"좀 덜 기대할걸."

뒤늦게 후회하지만,

마음이 하는 일에 처음부터 제한을 둔다는 것이
생각처럼 쉬운 일은 아니다.

흔히들 각자도생의 시대라고들 한다.
스스로 살아가야 하는 시대,
누구에게도 기대지 않고
혼자 견뎌야 하는 시대라고.

그러니 정을 주는 것은
어쩌면 위험한 일인지도 모른다.

그렇다고 해서
아예 마음을 닫고 살 수 있을까.

어떤 관계도 깊어지지 않게 조심하고,
어떤 감정도 깊이 들이지 않으며,
어차피 떠날 사람이니 차갑게 거리를 두면서.
그렇게 살아갈 수 있을까.

사람은 결국 사람에게 기대게 되고,
어떤 순간에는 혼자가 아닌 것이 힘이 된다.

아플 줄 알면서도
마음이 가는 것을 막지 못하는 이유다.

정이 들지 않았다면,
그 순간의 따뜻함도 없었을 것이다.
기억 속에 남아 있는
소중했던 시간들도 없었을 것이다.

각자도생의 시대라고들 하지만,
우리는 여전히 사람 사이에서 산다.
혼자가 되지 않기 위해,
사람을 놓아버리지 않기 위해
애쓰며 살아간다.

이별이 두려워도,
떠나보내야 하는 아픔이 있어도,
그 순간의 따뜻함을 놓치지 않는 것.
그게 더 인간다운 삶이 아닐까.

　"이별이 두려워도,
　떠나보내야 하는 아픔이 있어도,

그 순간의 따뜻함을 놓치지 않는 것.

그게 더 인간다운 삶이다."

모든 것은 순간이다

사람은 태어나 배우고 자라며

그 과정에서 많은 것을 겪는다.

어느 날은 마음이 무너질 만큼 아프고,

어떤 날은 작은 행복에 조용히 미소 짓는다.

모든 것은 다가왔다가 지나간다.

가장 아팠던 기억도, 따뜻했던 순간도

결국에는 모두 희미해진다.

왜 그토록 누군가를 사랑했는지,

왜 그렇게 어떤 일에 매달렸는지.

영원할 것만 같던 모든 순간들도

결국에는 다 지나간다.

남는 것은 좋았던 순간들,

짧지만 빛났던 기억들뿐이다.

어떤 고통은 영원히 남아

삶을 지배할 것만 같았지만,

돌아보면 모두 지나갔다.

나는 잊힐 것이다.

내가 사랑했던 사람들도,

의지했던 관계들도,

시간이 지나면 모두

기억에서 사라질 것이다.

나 역시 누군가의 기억에서

점점 희미해질 것이다.

이제는 생각한다.

세상과 사람에 너무 얽매이지 않기로.

사람이든 사랑이든

무언가를 꽉 붙들지 않기로.

모든 것이 순간이다.

아팠던 시간도, 행복하던 순간도,

지금 그토록 애쓰던 모든 일들도.

지금 이 자리에서

무엇을 바라보는지가 더 중요하다.

오직,

나를 위해 살아가는 순간만이

내 것이 된다.

"영원할 것만 같던 모든 순간도 결국 지나가고,

남은 것은 내가 빛나던 기억뿐이다."

그리움은 조용히 머문다

누군가를 그리워한다는 것은

그 사람이 떠난 후에야 느낄 수 있는 감정이다.

곁에 있을 때는 몰랐다.

늘 함께일 것 같았고,

언제든 마주할 수 있을 거라 생각했다.

그러다 어느 날,

그 사람이 사라지고 나면 알게 된다.

내 삶에서 차지하고 있던 조용한 자리의 크기를.

떠났다고 해서

모든 사람이 그리운 것은 아니다.
어떤 이들은 지나갔고,
어떤 순간들은 그저 흩어졌다.

그립다고 해서
반드시 다시 만나고 싶은 것도 아니다.
그리움이 사랑은 아니며,
다시 돌아가고 싶다는 뜻도 아니다.

그저 그때의 우리가,
그 순간의 기억이,
내 마음속 어딘가에
조용히 머물러 있을 뿐.

어떤 음악을 들을 때,
어느 거리에서 멈춰 섰을 때,
문득 그때가 떠오른다.
그리고 그리움을 느낀다.

하지만 그 감정이
나를 아프게 하지 않을 때가 있다.

그때의 우리가 내 안에 살아 있다는 것만으로도,
그리움은 때로 충분하다.

"떠났다고 해서 모두가 그리운 것은 아니다.
그립다고 해서 다시 만나야 하는 것도 아니다.
그저 내 마음속 어딘가에
그때의 우리가 머물러 있다는 것만으로도
충분할 때가 있다."

그럼에도 불구하고

어떤 날은 아무리 애를 써도 모든 것이 흐트러진다.
애써 쌓아올린 노력은 무너져 내리고,
믿었던 사람들은 등을 돌린다.
발걸음을 내딛으려 해도 길은 막혀 있고,
내일이 오늘보다 나을 거라는 희망조차
사치처럼 느껴진다.

그런 날들이 있다.
넘어지고, 무너지고, 주저앉고 싶은 날들.
이제는 더 이상 안 되겠다는 말이
입술 끝까지 차오르는 순간들.

하지만 삶은 멈추지 않는다.

세상은 결코 나를 기다려주지 않고,

내가 주저앉은 자리에 머물지도 않는다.

그럼에도 불구하고

다시 일어선다.

아무런 이유도 없이.

더는 희망이 보이지 않아도.

때로는 이유가 없어도 살아가야 한다.

희망이 사라져도,

사랑이 떠나도,

기대했던 모든 것이 무너져도.

삶의 이유가 반드시 거창할 필요는 없다.

오늘 하루를 버텨냈다는 사실만으로도 충분할 때가 있다.

소박하지만 따뜻한 한 끼,

지나가던 바람의 부드러운 손길,

문득 떠오른 추억 속의 웃음,

그것들이 삶을 이어가는 보이지 않는 실이 된다.

몇 번을 무너져도 우리는 다시 일어선다.

모진 비바람 속에서도 나무는 새순을 틔우고,

부서진 마음의 틈새에서도 작은 희망이 자라난다.

상처가 깊을수록 더 단단해지는 무언가가 있다.

다시는 웃을 수 없을 것 같던 순간이 지나고,

눈물로 얼룩진 날들이 저물면

언젠가 새벽처럼 고요히 찾아오는 새날이 있다.

"모진 비바람 속에서도

나무는 새순을 틔우고,

부서진 마음의 틈새에서도

작은 희망이 자라난다."

사라진 자리에서 피는 것들

익숙함은 늘 편안하고 안전했다.

익숙한 골목, 익숙한 향기, 익숙한 얼굴들.

아무 생각 없이도 찾아가는 길,

말없이 눈빛만으로도 알 수 있는 사람들.

그 익숙함 속에서 나는 나다웠다.

크게 애쓰지 않아도 되는 세계.

어디로 향하든 다시 돌아올 수 있는

따뜻한 둥지 같은 곳이었다.

그러나 삶은 익숙함을 오래 허락하지 않았다.

영원할 거라 믿었던 익숙함은
서서히, 잔인할 만큼 분명하게
삶에서 하나둘씩 사라져갔다.

오래된 친구가 떠나고,
매일 보던 사람이 사라지고,
익숙한 거리가 낯설게 변할 때,
비로소 익숙함과의 헤어짐을 실감했다.

처음에는 믿기지 않았다.
분명 어제까지 거기에 있던 것들이
하룻밤 사이에 사라져버린 듯했다.

우리는 너무 늦게 깨닫는다.
늘 곁에 있다고 믿었던 것들이
언제든 나를 두고 멀어질 수 있음을.

사라진 익숙함은 상실을 남긴다.
그리움은 자꾸만 그 익숙함을 붙들고,
기억은 더욱 생생하게

그 시간 속으로 나를 끌어당긴다.

익숙함이 사라진 자리가 처음에는
견딜 수 없을 정도로 컸다.
하지만 시간이 흐르면서
그 공허함 속에
새로운 것을 담게 되었다.

새로운 길을 걷는 법,
낯선 얼굴과 마주하는 법,
익숙하지 않아도 스스로를 지탱하는 법.
익숙함과 작별하지 않았다면
결코 배울 수 없었던 일들.

돌아보면, 익숙함과의 헤어짐은
삶이 내게 준 가장 큰 깨달음이었다.

떠난 것들은 여전히 그리울지 모른다.
하지만 익숙함 속에 머물러 있던 나를 떠나,
이제는 새로운 길 위에 서 있다.

"돌아보면, 익숙함과의 헤어짐은

삶이 내게 준 가장 큰 깨달음이었다."

아무것도 묻지 않는 위로

가을비는 조용히 내린다.
요란한 여름비와 달리,
침묵을 품고 있다.

바람이 나뭇가지를 흔들어도
비는 말없이 떨어진다.
차갑고 고요하게,
세상을 적시듯 스며든다.

가을비 속을 걸으면
세상의 소음이 모두 희미해지고,

마음속에 남아 있던 감정들만

더욱 또렷하게 떠오른다.

그래서 사람을 더 외롭게 만든다.

빗소리에 묻혀버린 침묵은

마음을 조용히 파고들어

깊은 생각에 잠기게 한다.

가을비는 오래된 기억을 깨운다.

지나가던 길과 헤어진 사람 속에 남겨진 말들

그리고 미처 건네지 못한 안부까지.

젖은 나뭇잎이 땅에 내려앉듯

마음속 깊은 곳에 묻어둔 기억들도

빗방울을 타고 서서히 떠오른다.

어쩌면 비를 기다렸는지도 모른다.

내리는 빗속에서라면

떠나간 사람을 떠올려도,

흘러간 시간을 붙잡고 싶어도

누가 뭐라 하지 않을 테니까.

가을비는 기억을 씻어주는 대신
더 깊이 새겨넣는다.
지워지기를 바랐던 흔적들조차
비에 젖어 선명해진다.

그렇다고 가을비의 침묵이
외로움만을 남기는 것은 아니다.
말없이 내려오는 비는
그저 스며들 뿐이다.

가을비 속에서
차가운 공기를 들이마시며
오래된 생각들을 내려놓는다.
누구에게도 말하지 못했던 이야기들이
빗물과 함께 흘러내린다.

가을비의
아무것도 묻지 않는 고요한 위로.
그 속에서 비로소
나 자신과 마주한다.

가을비가 멈추고

세상은 다시 분주해진다.

비는 떠난 것들을 되돌려주지 않는다.

다만, 그 자리에 남은 것들을 더 강하게 만들 뿐이다.

　　"가을비의

　　아무것도 묻지 않는 고요한 위로."

세상의 모든 안녕에게

"안녕"은 늘 두 가지 얼굴을 지니고 있다.

만남과 이별, 시작과 끝.

사람들은 안녕이라는 말로

만남을 반기기도,

이별을 담담히 받아들이기도 한다.

짧은 인사에 담긴 무게는

상황에 따라 다르게 내려앉는다.

어떤 날의 안녕은

기대와 설렘을 품고 있고,

어떤 날의 안녕은

떠나가는 뒷모습에 남긴 마지막 흔적이다.

우리는 수없이 많은 안녕을
주고받으며 살아간다.
그러나 떠난 안녕들은 쉽게 잊히지 않는다.
바람처럼 스쳐 지나갔지만
마음속 깊은 곳에 남아
조용히 울려 퍼진다.

안녕이라고 말했지만,
마음은 여전히 그 자리에 머물 때가 있다.
떠난 사람이 남긴 말과 끝나지 않은 약속들,
미처 하지 못한 고백들은
짧은 인사에 가려질 뿐
결코 사라지지 않는다.

기차역에서, 공항에서,
작은 골목길 모퉁이에서,
수많은 안녕이 남기고 간 감정들은
생각보다 더 오래 남는다.

그때 조금 더 따뜻하게 말했다면,

마지막 순간을 더 오래 바라봤다면,

우리는 지금 어떤 모습일까.

어떤 안녕은 삶에서

영원히 닿지 못할 곳으로 우리를 데려가기도 한다.

언젠가 다시 만나기를 바라며

끝도 없이 작별 인사를 건넨다.

안녕은 떠남만을 의미하지 않는다.

또 다른 만남을 위한 새로운 시작이기도 하다.

과거에 머물러 있던 마음이

미처 말하지 못했던 안녕을

시간 속에서 조금씩 떠나보낼 때,

우리는 다시 걸을 수 있다.

남겨진 자리가 영원히 비어 있지는 않는다.

안녕은 끝을 담고 있지만

시작을 품고 있기도 하다.

무언가를 보내야만

새로운 것을 맞이할 수 있는 법이다.

떠나간 것이 남긴 빈자리에도
새로운 인연과 추억이 깃든다.
기억 속 안녕들은 시간이 흐르며
우리를 다시 일으켜 세운다.

나는 오늘도 조심스럽게 속삭인다.
세상의 모든 안녕에게.
떠나가는 것들에게도,
남아 있는 것들에게도
그리고 아직 오지 않은 것들에게도.

"안녕은 끝이 아니라
또 다른 시작을 기다리는 쉼표다.
세상의 모든 안녕에게 고맙다."

낡은 서랍 속의 기억들

추억은 마치 오래된 서랍 같다.
잊었다고 생각했던 기억들이
어느 날 문득 서랍을 열듯
갑작스럽게 찾아온다.

그 안에는
빛바랜 편지들과 변색된 사진들,
이제는 의미를 알 수 없는 사소한 물건들이
조용히 잠들어 있다.

오랜 세월 동안

잊힌 줄 알았던 그 모든 것들은
닫힌 서랍 속에서
내 마음 어딘가를 지키고 있었다.

서랍을 열면
잊었던 사람의 얼굴이 떠오르고,
사라졌던 목소리가 어렴풋이 들리는 것 같다.

어떤 물건은 헤어졌던 연인을 떠올리게 하고,
어떤 사진은 잃어버린 시간을 다시 돌려낸다.

그때의 나는 지금보다 더 순수했고,
무언가를 더 간절히 원했다.
사소한 일에도 웃고 울었던 날들이
서랍 속 어딘가에 고스란히 남아 있었다.

시간이 지나면서
그 모든 것이 아픔이 되기도 했지만,
이제 더는 고통스럽지 않다.
기억은 여전히 남아 있지만,
그것을 품는 마음은 조금씩 단단해졌다.

가끔은 서랍을 여는 일이 두려울 때도 있다.

낡은 서랍 속의 기억들은

아직도 가슴 깊이 남아

나를 울게 할 수도 있으니까.

떠나간 사람,

다시는 돌아오지 않을 시간들,

이루지 못한 꿈들은

이제 닫힌 서랍 속에 남아 있다.

열지 않으려 애써 외면하기도 했었다.

하지만 지나온 날들은

닫는다고 사라지지 않았다.

그것들은 내 삶의 일부였고

그동안 사랑하고 아파했던 모든 순간들이

그 안에 남아 나를 지탱하고 있었다.

오늘도 조용히

추억 속 낡은 서랍을 열어본다.

빛바랜 사진 속에서 미소 짓는 얼굴들,

돌아오지 않을 시간들,
다시 쓸 수 없는 오래된 편지를 바라본다.

그리고 아주 조용히
서랍을 닫는다.

그곳에 남은 것들은
이제 슬픔이나 후회가 아니라
지나온 삶의 소중한 흔적이 된다.

그 기억들 속에 더는 갇히지 않고
마음 한구석에 소중히 남겨둔 채
다시 내일을 향해 걸어간다.

> "더는 기억들 속에 갇히지 않고
> 그들을 마음 한구석에 소중히 둔 채
> 다시 내일을 향해 걸어간다."

흐려지는 강물처럼

기억은 시간이 지나며 조금씩 희미해진다.
선명했던 순간들은
마치 손끝에서 미끄러지는 물처럼
잡으려 해도 쉽게 흩어진다.

어릴 적 놀던 동네의 길,
어느 날 손끝에서 느꼈던 온기,
그 모든 것들이 어느 순간
흐릿한 안개처럼 나를 감싸고 있다.

매일 곁에 두었던 것들이

서서히 기억의 틈 사이로 스며든다.

이름도, 얼굴도 흐려지지만

그때의 감정만큼은 어딘가에 남아 있다.

우리는 모든 것을 기억하려 애쓰지만

시간이 흘러

그 모습들은 점점 빛을 잃고,

마지막으로 그리워했던 순간들마저

결국 사라져버린다.

문득, 그리운 사람의 목소리가 떠오를 때

나는 다시 그 순간으로 돌아간다.

그때의 향기, 따스했던 온기.

모두 손에 닿을 듯하지만,

결국 흐릿한 잔상만 남아

마음을 조용히 뒤흔든다.

그 아련함 속에서

어떤 마음으로

그 사람과 함께했는지를 느낀다.

기억은 정확하지 않지만

감정만큼은 누구도 빼앗을 수 없게
내 안에서 깊이 살아 숨 쉬고 있다.

기억은 흐린 물결처럼 우리를 따라온다.
멈추려 해도 멈출 수 없고,
부여잡으려 해도 손끝에서 미끄러져 나간다.
남는 것은 그리움뿐이다.

그 희미함 속에서 깨닫는다.
기억은 단순히 잃어버린 것이 아니라,
우리가 살아온 증거이자
흐려진 순간들조차
지금의 나를 만든 조각들임을.

이제 나는
떠나보내야 할 기억들을 조용히 놓아주고,
아련한 그리움만 품은 채 나아간다.
비록 강물은 희미해졌지만,
그 흐름 속에서 새로운 나를 발견한다.

"기억은 단순히 잃어버린 것이 아니라,

우리가 살아온 증거이자

흐려진 순간들조차

지금의 나를 만든 조각들임을."

손때 묻은 인연

오래된 인연을 떠올리면

그때 그 시절의 감정들이 떠오른다.

그때는 왜 그렇게 세상이 다 사랑스러웠을까.

서로를 이해하려는 마음도, 오갔던 다툼도,

모든 것이 순수했다.

하지만 시간이 흐르면

그 인연도 조금씩 낡아간다.

매일 얼굴을 마주하며 나누던 대화는 줄어들고,

손을 뻗으면 닿을 것 같던 거리는

어느새 멀어져간다.

그리운 사람들은 여전히 내 안에 남아 있지만,

그 기억들은 빛바랜 사진처럼

조금씩 희미해진다.

시간이 인연을 잊게 만들지는 않는다.

다만, 그 감정을 조금씩 바꿔놓을 뿐.

예전처럼 설레지 않더라도,

그 시절의 다정함이 사라진 것은 아니다.

단지 익숙해졌을 뿐.

오래된 관계는 때때로 따뜻하지만,

가끔은 그 무게가 버겁기도 하다.

함께 있는 것만으로 피곤해지기도 한다.

그런 서로의 변화를 인정하기란 쉽지 않다.

말하지 않은 기대와

서로 다른 속도로 흘러가는 시간,

그 사이에서 우리는 조금씩 멀어진다.

그럼에도

인연의 실타래는 여전히 우리를 연결한다.

느슨하게 때로는 단단하게.

오래된 인연은 위로이자
상처이며 성장의 거울이다.
우리는 그 속에서
많은 것을 배우고 또 놓아야 한다.

서로의 마음이 변해가고,
말이 잘못 전해지는 순간들.
그 모든 것이 쌓여
관계는 점점 더 깊어진다.

오래된 인연은
손때 묻은 책처럼
페이지마다 주름이 깊어지고
글자들은 희미해지지만,
그 안의 이야기는 여전히 우리를 감싼다.

그렇게 오래된 인연 속에서
빛바랜 마음을 껴안고 살아간다.
아프더라도

때때로 무겁더라도,

그 인연들은 결국

살아가는 힘이 된다.

"오래된 인연은 손때 묻은 책처럼

페이지마다 주름이 있지만

그 안의 이야기는 여전히 따뜻하다."

결핍이 만든 그릇

결핍은 빈자리처럼 남는다.
무언가 채우지 못한 마음,
다른 사람에게는 당연해 보이던 것들이
내게는 닿을 수 없는 꿈처럼 느껴질 때가 있다.

가끔은 결핍이 너무 뚜렷해서,
그 부족함이 전부가 된 것 같은 기분이 든다.
'왜 나는 갖지 못했을까',
'왜 그 순간을 붙잡지 못했을까' 하는 후회가
긴 그림자처럼 따라붙는다.

하지만 시간이 지나 알게 되었다.

비어 있는 자리는 사라지는 것이 아니라,

그곳에 더 나은 무언가를 담기 위한 준비임을.

결핍은 상처로만 남지 않는다.

다시 일어서게 만드는 힘이 된다.

결핍은 내게 무엇이 중요한지 가르쳐준다.

무엇을 간절히 바라야 하는지,

어떤 것을 놓치지 말아야 하는지

조용히 알려준다.

사랑받지 못했던 기억은

더 다정한 사람이 되어야 한다는 다짐으로 남고,

잃어버렸던 기회는

주저하지 않고 도전하는 용기로 바뀐다.

부족했던 순간들은

스스로에게 기대는 법을 가르쳐주었다.

어떤 결핍도 나를 무너뜨리지 못했다.

결국 상처 속에서 살아남아

그 상처가 더 강한 나를 만들었다.

결핍은 사라지지 않는다.
그 흔적은 여전히 남아 조용히 머물지만,
나를 쓰러지게 만드는 벽이 아니라
더 큰 것을 품게 하는 그릇이 되었다.

더 큰 마음,
더 깊은 공감,
더 나은 내가 되려는 의지.

결핍이 남긴 상처와 아픔은
어느새 살아가는 힘으로 변했다.
그때는 부족해서 아프기만 했던 날들이
지금은 나를 더 강하게 만든 시간이 되었다.

결핍은 나를 무너뜨리려는 것이 아니라,
일어서게 만드는 자산이 된다.

부족했던 날들이 있었기에
더 단단한 사람이 될 수 있었고,
사라졌던 것들 덕분에
놓치지 말아야 할 소중한 것들을 더 깊이 깨달았다.

상처로 남을 수도 있지만,

그 상처가 더 큰 의미를 만들어주는 출발점이 되었다.

결핍은 잃어버린 것이 아니라,

끝까지 붙잡고 살아갈 힘이 되었다.

그리고 나는 결핍이 만든 나의 이야기를

끝까지 살아갈 것이다.

"결핍은 단순한 빈자리가 아니다.

더 큰 것을 담기 위해

비워진 그릇이다.

우리는 그 공간에서

더 단단해지는 법을 배운다."

공감의 온도

가끔은 공감이 힘들 때가 있다.

누군가의 마음을 이해해주고 싶지만,

그 감정이 내 것이 되는 순간

벅차고 힘들어진다.

한때 나는 생각했다.

좋은 사람이라면 상대의 아픔을 나누는 게 당연하다고.

친구가 힘들어하면 같이 힘들어해야 하고,

가족이 슬퍼하면 함께 아파해야 한다고.

그게 사랑이자 배려라고 믿었다.

하지만 살아가면서 깨달았다.

공감은 가까울수록 더 어려운 일이었다.

가족이나 연인처럼 가장 가까운 사람의 슬픔은

단순히 남의 이야기로 남지 않고

내 것이 되어버린다.

그래서 더 깊이 공감하려 할수록,

함께 무너질 위험도 커진다.

대학 시절, 친한 친구가 있었다.

어느 날 새벽, 그녀에게서 전화가 왔다.

"나 요즘 너무 힘들어."

그 말이 마음에 걸려,

새벽에도 주저 없이 달려갔다.

그녀의 이야기를 들으며

조용히 고개를 끄덕이고, 힘들었겠다며 위로했다.

처음에는 마음이 전해지는 것 같아 다행스러웠는데

시간이 지날수록 이상한 기분이 들었다.

내가 그녀를 위로하는 게 아니라,

함께 가라앉고 있는 듯했다.

그리고 이내 나도 지쳐버렸다.

더는 그녀의 슬픔을 받아들일 힘이 없었다.

그때 깨달았다.

공감은 무조건 같이 아파하는 게 아니라,

상대가 아픔에서 벗어날 수 있도록 돕는 것임을.

너무 가까이 가면

상대도 부담스러워지고 자신도 힘들어진다.

너무 멀어지면

상대는 외롭고 나는 무심해진다.

중요한 것은 적당한 거리이다.

필요할 때는 따뜻한 말 한마디를 건네고,

가끔은 아무 말 없이 옆에 있어주며

상대가 혼자 설 수 있도록 기다려주는 것.

그게 진짜 공감일지도 모른다.

나를 지키면서도 상대를 지켜주는 일.

너무 멀지도, 가깝지도 않은 거리에서

서로를 이해하는 것.

공감에도 온도가 있다.

너무 뜨겁지 않게 또 너무 차갑지 않게.

나를 지키면서도 상대를 지켜주는 거리에서.

"공감이란,

상대의 감정을 대신 짊어지는 것이 아니라,

그 감정을 함께 견딜 수 있도록

곁을 지켜주는 일이다."

단단해지는 밤

밤이 오면 세상은 조용해진다.

거리는 텅 비고, 바람조차 소리를 줄인다.

사람들의 목소리가 사라진 세상은

더욱 깊은 어둠 속으로 가라앉는다.

하지만 가장 깊은 밤은

내 안에서 시작된다.

혼자가 되는 일은 익숙했지만,

밤의 외로움은 늘 새롭게 찾아왔다.

하루 동안 쌓인 작은 슬픔들이

조용히 고개를 들고,

잊었다고 생각한 기억들이
어둠을 타고 서늘하게 스며든다.

누군가 내 이름을 부르면 좋겠다.
단 한 번이라도.
그러면 이 밤이 조금은 덜 무서울지도 모른다.

밖은 조용하기만 한데,
내 마음은 시끄럽다.
바쁜 하루를 견디며 애써 밀어냈던 감정들이
늦은 밤, 모든 것이 멈춘 순간에 하나둘 떠오른다.

혼자 앉은 내 작은 방에서
오늘 하루는 어땠는지
스스로에게 묻는다.
그러나 대답은 돌아오지 않는다.
빈 방에는 꺼진 불과 바람 소리뿐.

사람들은 외로움이 싫다고 말하지만,
사실은 외로움이 아니라
아무도 내 마음을 알아주지 않을까 봐

두려운 것일지도 모른다.

누군가 곁에 있었다면

아무리 고단한 하루라도 견딜 수 있었을 텐데.

그러나 밤은 그저 조용하다.

대답 대신 차가운 침묵만 남는다.

시간이 지나서야 깨달았다.

외로움은 결코 사라지지 않는다.

어떤 사람을 만나도,

아무리 행복해 보여도

외로움은 어딘가에 머물며

내 삶을 지켜보고 있었다.

어쩌면 외로움은 나를 괴롭히는 적이 아니라

내 안의 가장 진실한 감정을 꺼내주는

특별한 시간이었을지 모른다.

혼자 있는 시간을 견디다 보니

내 안의 목소리가 더 선명하게 들렸다.

남에게 의지하지 않아도

스스로를 다독이는 법을 배웠다.

"괜찮아. 오늘도 잘 버텼어."
스스로에게 속삭이는 이 작은 위로의 말이
외로운 밤을 견디게 했다.

외로운 밤은 언제까지나 계속될 것 같지만,
새벽은 반드시 찾아온다.

어두운 방 안에서 혼자 웅크리고 있던 날들도,
끝나지 않을 것 같던
긴 외로움의 시간도 결국에는 지나간다.

새벽이 밝아올 때마다
나는 어젯밤보다 조금 더 단단해졌다.
외로움에 무너지기보다
스스로를 더 깊이 이해하게 되었다.

이제 나는 외로움을 두려워하지 않는다.

"외로움은 나를 괴롭히는 적이 아니라
내 안의 가장 진실한 감정을 꺼내주는
특별한 시간이었다."

침묵 너머의 대화

어떤 날의 대화는 말없이 흐른다.

할 말이 없어서가 아니라

너무 많은 말들이 가슴에 맺혀서,

어떤 말도 쉽게 꺼내지 못할 때가 있다.

창밖으로 저녁노을이 물들고

우리는 각자의 침묵 속에 잠긴다.

말로는 전하기 힘든 마음들이

작은 먼지처럼 허공을 떠돌고 있다.

때로는 말이 우리를 더 멀어지게 만든다.

서로를 이해하려는 대화가

오히려 오해를 만들고,

진심을 감추려 애쓰는 말들이

마음과 마음 사이에

보이지 않는 깊은 골을 만든다.

차가운 찻잔을 매만지며 창밖을 바라본다.

누군가는 서두르고

누군가는 멈춰 선 거리.

그 사이에서 우리는

아무런 말없이 그러나 함께 있다.

말하지 않아도 알 수 있는 것들이 있다.

눈빛으로, 한숨으로, 작은 몸짓으로

조용히 전해지는 마음들.

침묵은 때로 가장 깊은 대화가 된다.

어떤 날의 침묵은

서로를 이해하는 시간이 되고,

어떤 날의 침묵은
각자의 아픔을 안아주는 포옹이 된다.
굳이 말로 채우지 않아도 괜찮다.
서로의 온기는 기다림 속에서 전해지고,
이해는 따뜻한 눈길 속에서 자란다.

저녁노을이 깊어지고
창가에 그림자가 길어질 때쯤,
우리는 여전히 말없이 앉아
서로의 침묵을 듣고 있다.
그리고 그 속에서
조금씩 가까워지고 있다.

침묵이 길어질 때면 나는 생각한다.
이 고요함도 언젠가는
우리를 더 깊이 이해하게 만들 거라고.

그렇게 우리는 침묵 속에서
서로에게 조금 더 다가간다.

"때로는 침묵이 가장 깊은 대화가 된다.

서로를 잇는 것은 말이 아니라,

이해하려는 마음이다."

누군가에게 다정한 사람이 되고 싶다면,

나에게 먼저 다정해지는 연습이 필요하다.

3장.

겨울

나의 발자국

어느새 혼자 걷는 데 익숙해졌다.

처음에는 낯설었다.

조용한 길, 혼자만의 발자국 소리,

누군가와 나란히 걸을 때는 들리지 않던 소리들이

귓가에 선명하게 울렸다.

발걸음을 내디딜 때마다

나의 존재를 확인한다.

누군가가 옆에 있을 때는 느끼지 못했던 것들,

홀로 걸으니 비로소 들리는 것들.

함께 걷는 것이 당연했던 적이 있었다.

같은 길을 걸으며 이야기를 나누고,

서로의 속도에 맞춰 걸으며

때로는 쉬었다가 다시 발을 맞추기도 했다.

하지만 이제는 다들 각자의 길로 떠났다.

누군가는 앞서 나갔고,

누군가는 다른 길을 선택했다.

나 역시 내가 선택한 길 위에

홀로 남겨졌다.

발걸음마다 들려오는 소리가

외로움을 속삭인다.

뒤돌아보면 아무도 없고,

멈춰 서면 고요만이 가득하다.

길은 원래 혼자 걷는 것이다.

같은 길을 걷더라도

각자의 속도와 방식으로 나아가야 한다.

그래서 오늘도 걷는다.

내 발자국 소리에 귀 기울이며,

누군가와 나란히

때로는 혼자서.

흔들리지 않고 나만의 길을 걸어가기로 한다.

"우리는 같은 길을 걷더라도,

각자의 속도와 방식으로 나아가야 한다."

글이 되는 마음

나는 말을 잘하지 못한다. 대화가 끝나고 나면 항상 마음 속 어딘가에 여러 감정이 오래 맴돈다. 입 밖으로 내뱉은 말들은 다시 주워 담을 수 없고, 그 말들이 상대방에게 어떻게 닿았을지 생각할수록 괜스레 마음이 무거워지는 날들이 많았다. 어떤 날은 나의 서툰 말들이 누군가에게 상처를 주었을까 걱정하며 밤을 지새우기도 했다. 말의 무게를 견디지 못해 침묵을 선택하던 순간들도 있었다.

그런 탓에 마음이 어지럽거나 삶의 중요한 순간을 마주할 때면, 누군가를 찾기보다 자신과 대화했다. 그럴 때 가장 효과적인 방법은 글쓰기였다. 가만히 앉아 첫 문장을 적는 순간, 복잡했던 마음이 조금씩 정돈되기 시작한다.

글을 쓴다는 것은 흩어진 마음의 조각들을 한데 모으는 일이다. 머릿속을 부유하던 생각들, 가슴 한편에 묻어두었던 감정들을 활자로 정리하고 그것이 진짜인지 다시 들여다본다. 불분명했던 감정들도, 막연했던 고민들도 글이 되는 순간 선명해진다. 무심코 써 내려간 문장 속에서 미처 몰랐던 마음이 드러나면 그제야 진짜 나와 마주하게 된다.

말로는 꺼내지 못했던 이야기들이 글에서는 자유롭게 흐른다. 차마 전하지 못한 말, 한 번도 인정하지 못했던 감정들이 글 속에서는 솔직해진다. 때로는 오래도록 가슴에 묻어두었던 아픔을 꺼내어 글로 풀어내는 일이 깊은 치유가 되기도 한다. 그렇게 한 문장씩 써 내려가다 보면 마음은 어느새 한결 가벼워진다. 오랫동안 나를 짓눌렀던 무게가 조금씩 덜어지는 느낌이다.

어떤 감정은 기록해야만 비로소 사라지고, 어떤 기억은 글로 남겨야만 의미를 갖는다. 삶의 순간들이 글 속에 담길 때 그것은 단순한 기록을 넘어 나의 일부가 된다. 그리고 써 내려간 글이 누군가에게 닿아 무거운 짐을 조금이나마 덜어줄 수 있다면 그것이 글을 쓰는 또 다른 이유가 된다.

사람들은 모두 이해받고 싶어 한다. 하지만 세상에는 쉽게 꺼내지 못하는 마음들이 있다. 말로는 표현하기 어려운 복잡한 감정들, 누구에게도 들려주지 못한 비밀스러운 생각들이 있다. 그런 감정들을 글로 담아낼 때, 누군가가 그 문장을 읽으며 자신의 마음과 닮아 있다고 느끼고 그래서 혼자가 아님을 깨닫는다면 그것으로도 충분하다.

어쩌면 말로 다 하지 못한 이야기들은 글로 남겨야만 비로소 완성되는지도 모른다. 누구에게도 쉽게 꺼내지 못했던 마음을 조심스럽게 들여다보고, 나조차도 제대로 바라보지 못했던 감정을 조금은 용기를 내어 마주한다. 말이 닿지 못했던 마음의 끝자락에 천천히 다가간다. 글을 통해 자신에게도 조금 더 솔직해지고 싶어진다. 그래서 오늘도 글을 쓴다.

말로는 닿지 못했던 진심이 글이 되어 누군가의 마음 한

편에 조용히 머물 수 있기를 바라며.

"글을 쓴다는 것은

안개 낀 창문에 손가락으로 글씨를 쓰는 일.

흐려진 감정도, 사라질 것 같던 기억도,

손끝에서는 또렷해진다."

그것으로 충분하니까

사람들은 인생의 의미를 찾으려 한다.

어떤 삶이 가치 있는지,

무엇을 위해 살아야 하는지를 끊임없이 고민한다.

나도 한때 그런 고민을 했다.

'어떤 사람이 되어야 할까.'

'무엇을 위해 살아야 할까.'

'이 삶이 정말 의미가 있는 것일까.'

하지만 그 질문의 끝에서 깨달았다.

그런 고민이 가장 무의미할 수도 있음을.

결국 우리는
찰나의 시간을 살다 가는 존재일 뿐이다.

길게 보면 한 인생을 살아가는 것 같지만,
실은 하루하루의 순간을 살아갈 뿐이다.

어떤 목표를 이뤄야만 의미가 있는 것도 아니고,
누군가에게 인정받아야만 가치가 있는 것도 아니다.
그럴싸한 의미를 찾지 않고
그저 살아가는 것만으로도 충분하다.

그럼에도 사람들은
삶의 의미를 찾기 위해 애쓴다.
무엇이 되어야 하고,
어떤 성취를 이뤄야 하며
어떻게 살아야 하는지를 고민하다
스스로를 다그친다.

하지만 지나고 보면

그 모든 고민들도 결국 사라진다.

그렇게 중요하게 여겼던 것들도

시간이 지나면 희미해지고,

언젠가는 모두 잊히고 만다.

어쩌면 우리는 그냥

순간을 살아가면 되는 게 아닐까.

아침의 맑은 공기를 마시고,

햇빛이 창가에 머무는 것을 바라보고,

좋아하는 사람과 함께 앉아 조용히 시간을 보내는 것.

그런 작은 순간들이 모여 우리는 살아간다.

삶의 의미를 찾으려 하지 않아도,

이미 의미 있는 삶을 살고 있을지도 모른다.

그래서 이제는

삶의 보이지 않는 의미를 찾기 위해 애쓰기보다,

지금 이 순간을 온전히 살아가기로 했다.

그것으로도 충분하니까.

"삶의 의미를 찾으려 하지 않아도,

우리는 이미 의미 있는 삶을

살고 있는지도 모른다."

질문을 바꾸는 용기

살다 보면 답을 찾을 수 없는 질문들이 있다.

'나는 왜 이렇게 힘들까?'
'어떻게 해야 행복해질까?'
'제대로 살고 있는 것일까?'

우리는 이런 질문들을 안고
끊임없이 답을 찾아 헤맨다.
누군가는 책에서,
누군가는 타인의 조언에서
답을 찾으려 한다.

하지만 아무리 고민해도

어떤 질문들은 끝내 답을 얻지 못한 채 남는다.

그럴 때는 한번쯤 생각해봐야 한다.

정말 답이 없는 것인지,

혹시 질문이 잘못된 것은 아닌지.

'나는 왜 이럴까?'

'왜 나만 힘들까?'

이런 질문은 결국

스스로를 더 괴롭게 만들 뿐이다.

답이 보이지 않는 이유는

그 질문 속에 이미 답이 없기 때문이다.

어쩌면 질문을 바꿔야 할지도 모른다.

'나는 지금 무엇을 할 수 있을까?'

'어떤 순간에 행복을 느낄까?'

질문이 달라지면

보이지 않던 것들이 보이기 시작한다.

막막하던 현실 속에서도

할 수 있는 일들이 눈에 들어온다.

삶에 대한 고민은 필요하다.
모두 더 나은 삶을 원하고,
자신이 어디로 가는지 알고 싶어 한다.

하지만 답이 보이지 않을 때,
무조건 답을 찾으려 애쓸 필요는 없다.

때로 그 답은
시간이 흘러야 보일 수도 있고,
어떤 질문에는 정해진 답이 없을 수도 있다.
그러니 너무 애쓰지 않아도 된다.

질문을 내려놓고
흘러가는 대로 살아가는 것도 괜찮다.
질문을 바꿔야 한다는 것을 깨닫는 순간,
우리는 길을 잃지 않는다.

> "답이 보이지 않는 이유는
> 그 질문 속에 이미 답이 없기 때문이다."

우리는 종종 인생 역전이라는 말을 듣는다.

한순간에 모든 것이 바뀌는 기적 같은 순간.

어떤 계기로 인생이 완전히 달라지는 이야기들.

영화나 드라마에서,

누군가는 그런 삶을 살아간다.

복권에 당첨되거나

뜻밖의 기회가 찾아오는,

인생을 단번에 바꿀 수 있는 순간과 마주한다.

하지만 현실에서 그런 순간은 없다.

인생은 한순간에 바뀌지 않는다.

그럴듯한 성공담 뒤에는
보이지 않는 시간들이,
아무도 관심 갖지 않았던
작고 지루한 노력들이 쌓여 있다.

기회는 갑자기 오는 것 같지만,
사실은 오랜 시간 준비한 사람만이 잡을 수 있다.
'운이 좋았다'라고 말하는 사람들도
그 운이 오기까지
오랜 시간 버티고 견디며 노력해왔다.

세상에 단번에 바뀌는 삶은 없다.
천천히 변해가는 삶만 있을 뿐이다.

그렇다고 희망이 없는 것은 아니다.
인생은 단숨에 뒤집히지 않지만,
작은 변화들은 계속해서 쌓여간다.
오늘의 작은 선택,
작은 노력이 내일을 만든다.

결국 우리가 해야 하는 일은

단 한 번의 기적을 기다리는 것이 아니라

매일을 조금씩 바꿔나가는 것이다.

지금 당장은

아무것도 변하지 않는 듯하지만,

돌아보면 분명 다르게 흘러가고 있을 것이다.

기적 같은 변화가 아니라,

오늘과 내일이 조금씩 달라지는 삶.

그것이면 충분하다.

그것이 진짜 변화다.

> "결국 우리가 해야 하는 일은
>
> 단 한 번의 기적을 기다리는 것이 아니라
>
> 매일을 조금씩 바꿔나가는 것이다."

혼자, 충분히

파도는 곁에 누가 없어도,
지켜보는 이 하나 없이도
스스로 호흡하며
본연의 리듬으로 바다를 채운다.

밀려왔다가 사라지고,
부서졌다가 다시 일어선다.
쉼 없이 이어지는 그 움직임은
어떤 목적을 갖거나
누군가에게 보이기 위함이 아니다.

그 자리에서 끝없이 흐르며,

자신의 방식대로 바다와 하나가 된다.

그것만으로도 충분히 아름답다.

파도는 사라짐을 두려워하지 않는다.

바위에 부딪히고,

모래 위에 부서지지만

다시 또 밀려온다.

부서지는 순간은 끝이 아니다.

그것은 다음 물결의 시작이다.

파도는 부서지는 순간에도

새로운 길을 만든다.

부서졌다고 끝나는 것이 아니라

그 부서짐이 곧 다음 움직임이 된다.

우리는 종종 삶 속에서

파도처럼 부서지는 순간이 올까 두려워한다.

하지만 파도는

부딪히면서도 주저하지 않는다.

부서짐을 두려워하지 않고,

다시 일어서기를 멈추지 않는다.

그 끊임없는 반복으로
파도는 더욱 강해지고,
더 깊은 흔적을 남긴다.

파도는 혼자 있어도 외롭지 않다.
누군가의 인정이 필요하지 않다.
누구에게 보이려
더 높이 일렁이지 않고,
더 깊이 가라앉지도 않는다.

자신만의 리듬으로
자신만의 소리로
세상과 소통할 뿐이다.

파도는 홀로 있어도 충분하다.
그 자체로 강하고 아름답다.

파도를 바라보고 있으면
깨닫게 된다.

파도처럼 홀로 설 수 있어야 함을.

누군가에게 의지하지 않아도

다른 사람의 인정을 바라지 않아도

있는 그대로 충분히 의미 있는 존재임을.

비록 부딪히고,

깨지고

밀려날지라도

다시 일어설 수 있다면

이미 충분히 아름답다.

"파도는 혼자서도 아름답다.

끝없이 부서지더라도

다시 일어서기를 멈추지 않기 때문이다."

가끔은 모든 게 끝난 듯 느껴진다.
발걸음이 무거워지고,
마음은 지쳐버리고,
앞은 보이지 않는 것만 같다.

꿈꾸던 일은 멀어지고,
주변 사람들도 떠나가며
남은 것은 텅 빈 마음뿐인 날들.

그 순간 우리는 묻는다.
'다시 시작할 수 있을까?'

'이제 정말 끝난 것일까?

하지만 진짜 끝은
포기하는 순간에 찾아온다.
멈춘 자리에서 눈을 감는 대신
다시 일어서기를 선택하면
이미 새로운 출발선에 서 있는 것이다.

두려움은 멈춰 서 있을 때 더 자란다.
한 걸음 내디딜 때마다
두려움은 점점 작아진다.
우리가 걸어야 하는 이유는
완벽해서가 아니라
멈춘 채로는 아무것도 변하지 않기 때문이다.

다시 시작하는 것은
거창한 변화나 큰 결심이 아니라
작은 한 걸음,
조심스러운 첫 시도,
스스로에게 건네는 조용한 응원에서 비롯된다.
그것이 변화를 만든다.

무거운 마음으로도

두려움을 안고서도

걸어야 한다.

오늘의 실패가

내일의 시작이 될 수 있고,

지금의 아픔이

더 단단한 나를 만드는 시간이 될 수도 있다.

다시 시작하는 용기는

완벽한 준비가 아니라

불완전한 자신을 향한 믿음에서 온다.

넘어졌던 자리에서

자신을 일으켜 세우는 일.

마음이 무거워도

그 무게와 함께 걸어가는 일.

우리는 어제와 다른 오늘을 만든다.

완벽하지 않아도 괜찮다.

그저 한 걸음 더 내디디는 것,

그것이 다시 시작하는 가장 큰 용기다.

"다시 시작하는 용기는

완벽한 준비가 아니라

불완전한 자신을 향한 믿음에서 온다."

눈부신 외로움

외로움은 불현듯 아무렇지 않게 찾아온다.
지친 하루의 끝자락
혹은 익숙한 공간에서 혼자 남았을 때
어느새 내 곁에 조용히 와 있다.

우리는 외로움을 밀어내려 하고,
그 자리를 채울 누군가를 찾아 헤맨다.
하지만 외로움은 그 자체로 깊고 넓은
공간을 만들어준다.

처음에는 불안하고 두려워

그 자리를 차지한 감정을 밀어내고 싶었지만,

그 속에 숨어 있는 나만의 시간이

이제는 너무나 소중해졌다.

바쁘게 움직이는 세상 속에서

우리는 자주 자신을 놓치고,

무엇을 원하는지, 어디로 가고 있는지

알지 못한 채 살아간다.

그때 외로움은 나를 깨운다.

고요한 외로움 속에서

천천히 나를 들여다본다.

그러면 아무도 없는 조용한 그 순간

마음속에 잠들어 있던

감정들이 하나둘씩 깨어난다.

외로움은 깊을수록 빛난다.

고요한 순간 속에서,

나를 더 선명하게 마주한다.

처음에는 너무 멀게만 느껴지던 빛이

점점 가까워지고,

마음을 따뜻하게 감싸기 시작한다.

그 빛은 밖에서 오지 않고
안에서부터 피어난다.
나를 온전히 받아들이고,
내가 누구인지를 알게 한다.

눈부신 외로움은
고요함 속에서 나를 찾는 여행이다.
그 여정 끝에서
자신을 사랑하는 법을 배우고,
그 사랑이 세상과 나를 이어주는
빛이 되었음을 이제는 안다.

> "눈부신 외로움은
> 고요함 속에서
> 나를 찾는 여행이었다."

그늘진 미소

가끔씩 이런 미소를 짓는다.
사람들에게 나를 드러내지 않기 위해,
마음속에 숨겨진 감정을 감추기 위해.

그 미소는 때로 너무 밝아 보이지만,
이면은 그렇지 않다.

그늘진 미소가 그렇다.
세상에 보이고 싶지 않은 감정을
조용히 덮어주는 일종의 보호막이다.

그 미소를 지을 때마다

마음은 더욱 무거워지고,

묻어둔 감정은 점점 더 깊어진다.

나를 치유하기보다는

더 외롭게 만들기도 한다.

사람들은 내가 웃을 때,

모든 것이 괜찮다고 생각하며,

미소 뒤에 감춰진 진실은

누구도 알아차리지 못한다.

상처는 눈처럼 소리 없이 쌓인다.

미소라는 얇은 베일 뒤에서

서리처럼 마음에 스미고,

나를 지켜줄 거라 믿었던 미소는

어느새 더 깊은 어둠 속으로

나를 이끌고 있었다.

깊어진 밤, 거울 속에서

마주한 내 미소는 달빛처럼 잔잔해졌다.

상처는 이제 별이 되어

내 안에서 반짝이고
그 빛이 나를 채우니
그제야 진심으로 웃게 된다.

그늘진 미소가 걷히고
새벽빛이 스며드는 것처럼
내 안의 모든 그림자들이
조용히 제 빛을 찾아간다.

진정한 미소는
아침 이슬처럼 맑아서
그저 그대로 빛난다.

"때로는 가장 슬픈 미소가
가장 빛나는 별이 된다."

늦어도 닿을 말

진심은 언제나 한발 늦게 찾아온다. 마음속에서 형태를 갖추고 입술 끝에 맺히려면, 시간은 이미 많이 흘러버린 후다. 전하고 싶었던 말은 대개 타이밍을 놓치고, 그 마음을 꺼내려 할 때는 이미 늦어버린 것 같아 주저하게 된다. 오래 품은 마음일수록 더 무거워져 어떻게 시작해야 할지 몰라 망설이게 된다.

전하지 못한 말들은 조용히 쌓여간다. 하루, 이틀, 한 달 그리고 해를 넘긴다. 그렇게 시간이 흐르는 동안 마음 한 구석은 점점 무거워진다. 전하려던 진심은 끝내 삼켜진 채 일상 속에 묻혀간다. 기회는 흘러가고, 끝내 말하지 못한 진심은 그 무게를 더해 마음 깊은 곳에 자리한다.

우리는 종종 착각한다. 말하지 않아도 마음이 전해질 거라고. 눈빛만으로, 침묵만으로 진심이 온전히 닿을 수 있다고 기대한다. 하지만 진심은 말이라는 그릇에 담겨 전해질 때 비로소 그 형체를 갖춘다. 표현되지 않은 마음은 결국 어딘가에 조용히 머물다, 흐려지거나 사라진다.

진심은 꼭 필요한 순간에 어김없이 숨어버리고는 한다. 가장 중요한 순간, 꼭 해야 할 말을 찾지 못한 채 침묵하고, 서로를 바라만 보다 시간이 흐른다. 말하지 못한 진심이 쌓일수록 우리 사이에는 보이지 않는 벽이 생기고, 그 벽은 점점 높아만진다.

어떤 말은 이미 때가 지나 의미를 잃고 할 수 없게 되어버린다. 그러다 영영 그 말을 전하지 못한 채 살아간다. 말했어야 했던 순간들, 용기를 내지 못했던 기회들, 그 모든 순간들이 지나간 후에야 중요성을 깨닫는다.
그리고 시간이 흐른 뒤에야 알게 된다. 그때 하지 못한 말들이 우리 안에 얼마나 많은 것을 남겼는지. 미처 꺼내지 못한 마음들이 우리를 자라게 했고 때로는 더 깊은 이해로 이끌었음을. 비록 늦더라도, 대상에게 돌아오지 않았더라도 그 마음은 여전히 어딘가에 살아 있다.

진심은 때로 늦게 도착한다. 그리고 그 사실은 우리를 더 깊어지게 만든다. 조심스러웠기에, 오래 품었기에 더 진중하고 단단해진다. 늦었기에 가능한 울림, 시간이 만들어준 무게이다. 비록 표현의 기회를 놓쳤을지라도 그 진심은 우리 안에 고요히 남아 깊은 흔적을 남긴다.

비록 늦었다 해도 다시 그 마음을 전할 기회가 온다면 그것은 더 깊은 울림과 의미를 가져다줄 것이다. 시간이 흐른 뒤에 말하는 진심은 때로 더 큰 무게를 갖기 마련이니까. 거쳐온 시간만큼 더 깊이 있고, 더 완전해진 마음이기에.

진심은 느리게 형태를 갖추어 입 밖으로 나오며, 느리게 상대에게 도착한다. 하지만 그럼에도 아니 그 느림으로 인해 진심은 어느 순간에는 반드시 닿게 되어 있다. 말하지 못한 시간만큼 간절하게, 멀어진 마음만큼 조용하게.

"진심은 늘 늦게 도착하지만,

결국 서로를 이해하는 가장 깊은 순간이 된다."

안녕,

마지막으로 보낸 안녕은 언제나,
그것이 마지막임을 모른 채 전해진다.

단순한 이별의 말이 아니라
어떤 감정의 결말이자,
끝내 닫혀버릴 문 앞에서의 인사처럼
마음 깊은 곳에 머문다.

그 안녕이 마지막일 줄 몰랐다.
그 인사 뒤로 다시 마주할 수 없다는 것을,
그때는 미처 알지 못했다.

서로의 눈을 바라보며,

우리는 아무렇지 않게 그 말을 했다.

"안녕."

쉽게 내뱉은 그 단어 뒤에 숨겨진

수많은 감정은 끝내 말하지 못했다.

마지막으로 보낸 안녕은,

이별의 시작이 아니었다.

그 속에는 말하지 못한

감정들이 조용히 묻혀 있었다.

마지막 인사를 전한 뒤,

나는 그 감정들을 안고 살아가야 했다.

'왜 그때 말하지 못했을까.'

'왜 끝내 꺼내지 못했을까.'

그 속에 담긴

아쉬움과 그리움 그리고 후회.

그 모든 감정이 나를 붙잡고 있었지만,

더는 말할 수 없었다.

안녕이라는 한마디 말로 인사는 끝났지만,
전하지 못한 감정들은
끝없이 내 마음을 울리며 남았다.

그것이 마지막이었음을 알게 된 순간,
빈자리는 생각보다 훨씬 컸다.
서로가 떠나며 남긴 것은 말이 아니라,
그 사람의 온기와 시간이 깃든 자리였다.

그 빈자리는 너무 커서
어떤 말로도, 어떤 사람으로도
쉽게 채워지지 않았다.
그 자리는 오직,
그 사람만의 것이었다.

저녁 식탁의 맞은편 의자.
버스 옆자리의 창가.
퇴근길 몇 분 남짓의 전화 통화.
일상의 소소한 틈마다
이제는 텅 빈 채로 남아 있다.

그 자리에

다른 사람과 함께할 수 없다는 사실을

너무 늦게 알아버렸다.

비록 다시 만날 수 없더라도

그 안녕은

우리의 마지막 고백이었음을,

마지막 마음이 담겨 있었음을

이제는 안다.

"마지막으로 보낸 안녕은 언제나,

그것이 마지막임을 모른 채 전해진다."

기대 너머의 온기

우리는 많은 것에 기대어 살아간다.
사람에게, 사랑에게,
때로는 막연한 내일에게조차.

어쩌면 그것은 당연한 일이었을지 모른다.
힘든 날에는 누군가에게 기대고 싶고,
외로운 날에는 다정한 말 한마디에
온 마음을 걸기도 하니까.

하지만 기대는 늘 아픔을 남긴다.
기대했던 사람은 떠나가고,

믿었던 말들은 공허하게 흩어진다.

기다림은 지치게 만들고,

기대했던 만큼 깊은 상처가 남는다.

그래서 어느 순간부터는 기대하지 않기로 했다.

다시는 누구에게도, 어떤 것에도.

기대하지 않는다는 것은

포기와는 다르다.

아무것도 바라지 않는 냉정함이 아니라,

어떤 결과에도 흔들리지 않는

단단한 마음을 갖는 것.

다시 오지 않을 연락을 기다리지 않고

이해받으려 애쓰지 않으며

타인의 말에 내 가치를 맡기지 않는 일.

누구에게나 작은 기대가 있다.

'이번에는 다르겠지' 하는.

하지만 기대는 끝내 실망을 남기고

자신을 지치게 만든다.

기대하지 않는 법을 배우면서
조금씩 자유로워짐을 느낀다.
상처받지 않는 거리에서
나를 지키는 법을 알아간다.

그렇다고 완전히 괜찮아지는 것은 아니다.
마음 한쪽에는 여전히
누군가에게 듣지 못한 위로의 말,
돌아오지 않는 기다림의 흔적들이 남아 있다.

이제는 안다.
사람은 변하지 않고,
누군가가 내 기대를 충족시켜주는 일은
기적과도 같다.

기대하지 않기로 결심하면
덜 아프다.
무엇보다 스스로를 지킬 수 있다.
누군가에게 기대어 흔들리는 대신,

내가 나를 붙잡고 서 있는 법을 배우게 된다.

기대하지 않는다고 해서
모든 관계가 멀어지는 것도 아니다.
기대 없이도 따뜻한 관계는 존재한다.
서로에게 의무를 강요하지 않아도,
있는 그대로 바라볼 수 있는 관계가 있다.
이제는 그런 온기를 믿어보기로 했다.

기대하지 않음으로써
더 강하게 살아가는 법을 배운다.

무언가를 기다리지 않아도 괜찮은 삶,
스스로를 믿고 살아가는 하루.
그것이 기대하지 않는다는 것의
진짜 의미일지도 모른다.

"기대하지 않기로 결심한 순간,
상처받지 않는 사람이 아니라,
스스로 살아가는 사람이 되었다."

잠시 멈추어도 괜찮아

살다 보면 스스로를 돌보는 것도 잊은 채
바쁘게 하루를 보낼 때가 많다.
해야 할 일들에 떠밀리다 보면,
무엇을 원하는지도 모른 채 지치게 된다.
사람들 사이에서 웃고 있지만,
속은 텅 빈 것처럼 느껴진다.

피곤한 몸보다 더 지친 것은
돌봄을 기다리는 나 자신임을
뒤늦게 깨닫는다.

아무도 나를 위로해주지 않을 때,

더는 기대할 곳이 남아 있지 않을 때,

스스로를 돌봐야 할 시간이 찾아온다.

누군가에게 다정한 사람이 되고 싶다면,

나에게 먼저 다정해지는 연습이 필요하다.

남을 이해하느라 자신을 몰아세웠던 시간들.

타인을 배려하느라 정작 나는 외면했던 날들.

그 모든 순간이

지친 마음을 더욱 외롭게 만들었다는 것을

이제야 알게 되었다.

그래서 스스로에게 따뜻한 말을 건네기로 했다.

고생한 하루를 인정하고

조금 늦어도 괜찮다는 위로를 건네며,

지금도 충분히 잘하고 있다고 다독이는 일.

그동안은 누군가가 해주기를 바랐지만,

이제는 내가 나에게 먼저 건네야 할 말임을 안다.

다른 사람에게만 관대하지 않고,

스스로에게도 조금 더 너그러워지는 연습이 필요하다.
바쁘게 앞만 보고 달리는 일이
잘 살아가는 방법이라고 믿었던 날들이 있다.
하지만 삶에서는 멈추는 용기도 필요하다.

멈추고 쉬어가는 일은
포기가 아니라 회복이다.
나무도 계절이 바뀌면 잎을 떨구고 쉬어간다.
그래야 다시 꽃을 피울 수 있다.
우리도 마찬가지다.

지쳤을 때 스스로에게
잠시 쉬어도 괜찮다는 여유를 허락하면
그 여유가 다시 걸어갈 힘이 된다.

쉼은 나를 지키는 시간이다.
잠시 쉬고 다시 걸어가도 늦지 않다.

살면서 가장 중요한 약속은
나 자신을 잊지 않는 일일지도 모른다.

누가 보지 않아도

알아주지 않아도

스스로를 위로하고 안아주는 시간이 있다면

다시 희망을 품게 되는 날이 올 것이다.

"누군가에게 다정한 사람이 되고 싶다면,

나에게 먼저 다정해지는 연습이 필요하다."

나는 혼자가 되는 것이 두려웠다.
그러다 혼자 있는 순간이 필요함을
뒤늦게 깨달았다.

사람들과 함께 있을 때면
조금씩 지쳐가는 마음을
누구에게도 말하지 못한 채,
마치 아무 일도 없는 사람처럼
살아가고는 했다.

어떤 말로도 위로가 되지 않는 날이 있다.

다정한 말들조차 멀게 느껴지고,

가까운 사람들과의 대화도

텅 빈 메아리처럼 되돌아올 때.

그럴 때면 혼자 있는 시간이

가장 큰 위로가 된다.

아무것도 설명하지 않아도 되는 시간.

기대하지 않아도,

다른 사람의 반응을 두려워하지 않아도 되는

조용하고 안전한 공간.

그 속에서는 어떤 말도 필요 없고,

어떤 행동도 강요되지 않는다.

침묵은 때로 가장 깊은 위로가 되어

상처받은 마음을 조용히 감싸준다.

사람들 속에서는 항상

뭔가를 쥐고 있어야 했다.

괜찮은 사람, 다정한 사람,

잘 살아가는 사람으로 보이기 위해

애써 웃고 침착한 척했다.

하지만 혼자 있을 때는 달랐다.
무너지더라도 괜찮았다.
어떤 모습이든 허락할 수 있었다.

혼자 있는 순간에야 비로소
모든 것을 내려놓는 연습을 시작했다.
울고 싶을 때 울 수 있는 용기,
무거운 마음을 잠시 내려놓을 수 있는
다정함을 내게 허락했다.

혼자가 주는 평온함은
내가 나를 사랑하는 법을 가르쳐주었다.

혼자 있어도 괜찮은 사람,
혼자 있더라도 스스로를 지킬 수 있는 마음.
혼자 있는 시간이 더 단단한 나를 만들었다.

그 시간들은 나를 더 깊이 이해하게 해주었고,
결과적으로 타인과의 관계도 더 건강해졌다.

나를 알게 되면서 상대를 이해하는 폭도 넓어졌고,
혼자 있는 시간을 통해 충전된 에너지로
다른 이들과 더 진실된 관계를 맺게 되었다.

그렇게 나를 돌보는 시간이 쌓이자,
함께 나누는 순간도 더 소중해졌다.

혼자 있는 시간이 나에게 어떤 의미인지 알게 되었고,
이제는 그 시간을 두려워하지 않기로 했다.
그 시간은 단순한 고립이 아니라
조용히 내 마음을 들여다보는 일이었고,
그것은 나를 더 자유롭게 만들어주었다.

"혼자 있는 시간은
단순한 외로움이 아닌
나를 자유롭게 하는
가장 온전한 선물이다."

오랜 시간 간절히 바라던 일이 있었다.
하지만 결과는 내가 들인 시간과
흘린 땀의 무게에 비례하지 않았다.
모든 노력이 헛된 것처럼 느껴졌다.
그날 밤 스스로에게 묻고 또 물었다.

'왜 더 잘하지 못했을까?'
'내가 더 노력했더라면 결과가 달라졌을까?'

실패란
그렇게 사라진 기회와 남겨진 후회로 가득했다.

마음속 깊은 곳에 끝나지 않는 의문들이 남았고,
한동안 나는 그곳에 갇혀 있었다.

그러다 시간이 지나고 나서야 깨달았다.
실패란 멈춤이 아니라,
더 나은 길로 가라는 신호임을.

실패는 늘 아프고 쓰리지만,
그 안에는 배움과 변화의 씨앗이 숨어 있다.

무너졌던 자리에서 우리는
다시 시작하는 법을 배운다.
어디서부터 잘못되었는지,
무엇을 놓치고 있었는지,
어떻게 다르게 살아야 하는지.

성공만을 바라보며 달릴 때는
보지 못했던 것들이
실패를 통해 비로소 선명해진다.

정상에 올랐을 때는 보이지 않던 것들이

바닥으로 떨어지니 보였다.
길을 잃고 헤매던 그 시간들이
오히려 나를 더 깊이 알게 해주었다.

흔들리는 나무가 더 단단한 뿌리를 내리듯
실패는 나를 더 깊은 곳으로 이끌었다.
비록 바라던 목표는 이루지 못했지만
그 과정에서 예상치 못한 선물을 받았다.

내가 진정으로 원하는 것이 무엇인지,
어떤 사람이 되고 싶은지,
그런 질문에 대한 답이 비로소 선명해졌다.

실패를 두려워하지 않는 삶이란
결과가 아닌 과정에 의미를 두는 일이다.

다 잘 해내지 않아도 괜찮다.
때로는 흔들리고, 넘어지고
길을 잃어도 된다.

실패를 두려워하지 않는다는 것은

결과보다 나를 믿는 용기이다.

어떤 결과가 나오더라도

다시 시작할 수 있는 자신을 믿는 것.

실패를 두려워하지 않는다는 것은

멈추는 시간마저도

나를 이해하고 다독이는 다정함이다.

실패는 사라지지 않는 기억이지만

새로운 시작을 준비하는 힘이기도 하다.

실패 속에서 견뎌온 시간들이

다시 살아갈 용기로 변함을,

이제 조금은 알것 같다.

실패를 두려워하지 않는 삶이란

내가 나에게 끝까지 기대는 마음이다.

결과가 뜻대로 되지 않아도,

삶은 여전히 새로운 기회를

준비하고 있다는 믿음이다.

"실패를 두려워하지 않는 삶이란

내가 나에게 끝까지 기대는 마음이다."

버려야 할 것과 남겨야 할 것

오래전부터 정말 소중히 여긴 물건이 있었다.

어린 시절부터 간직해온 편지 꾸러미.

빛바랜 종이 위의 글씨는 희미해졌지만,

그 안에 담긴 마음만큼은 여전히 선명했다.

하지만 언제부터인가

그 편지를 볼 때마다 마음이 아팠다.

따뜻했던 기억보다

지금은 닿을 수 없는 사람에 대한 그리움이 더 커졌다.

결국 서랍 깊숙한 곳에 넣어두게 되었다.

한동안 잊고 지내다 어느 날 문득 떠올랐다.
다시 꺼내볼 용기는 없었지만
이제는 그 기억을
보내야 할 때가 온 게 아닐까 하는 생각이 들었다.

그날 밤, 조용히 편지를 내다 버렸더니
과거에 매달리고 있던 내 마음도
조금씩 가벼워지는 것 같았다.
버리고도 남는 것이 있음을,
그제야 깨달았다.

사람은 붙잡는 존재다.
놓치고 싶지 않은 사람,
지우고 싶지 않은 기억,
다시 돌아오지 않을 순간들.

그러나 아무리 꽉 쥐고 있어도
흐르는 물처럼 사라지는 것들이 있다.
손끝에서 미끄러지는 인연,
돌이킬 수 없는 시간,
다시 돌아올 수 없는 그때의 나.

붙잡을 수 없다는 것을 알면서도
우리는 끝내 놓지 못한다.
어쩌면 놓아야만
다시 걸어갈 수 있다는 사실을
너무 늦게 깨닫는 것인지도 모르겠다.

버린다는 게 가혹한 일처럼 느껴진다.
마치 모든 것을 포기하는 일 같아서,
다시 만날 수 없을까 봐 두렵다.

하지만 떠나보내야 할 것들은
마음속 깊은 곳에서 조용히 사라지기를 기다린다.
되돌릴 수 없는 사랑,
이미 끝난 약속,
붙잡아도 닿지 않는 손.
더 이상 의미 없는 기대,
남아 있지 않은 온기,
그런 것들은 지키려 애쓸수록
마음만 조용히 무너져간다.

물론 모두 버릴 수는 없다.

시간이 지나도 남아 있는 것들이 있다.

가장 소중했던 기억들,
지친 날들을 견디게 했던 위로,
다시 살아가게 만든 희망의 순간.
그 사람의 웃음소리,
포기하지 않고 손을 내밀었던 용기,
무너져도 다시 일어서게 했던 다짐.

그것들은 마음속 깊은 곳에 남아,
어떤 날에는 조용히 아프게
또 어떤 날에는 다정하게 나를 붙잡는다.

끝내 남겨야 할 것들은
떠나보낼 수 없는 소중한 기억들이다.
사라지지 않아야 할 것들,
나를 다시 앞으로 나아가게 할 유일한 힘.

삶은 떠남과 남김의 연속이다.
버려야 할 것들은 흘러가게 두고,
남겨야 할 것들은 마음 깊이 품는다.

버린다는 것은 포기하는 일이 아니라,
다시 시작하는 선택이다.
남긴다는 것은 그 모든 것을 품고도
앞으로 걸어가는 힘이다.

버리고 남기며 살아가는 법.
그것은 지울 수 없는 흔적을 품고도
다시 다정한 사람이 되려는
용기 있는 삶의 방식이다.

"시간이 흐르는 것처럼
흘려보내야 할 것들이 있다.
그러나 어떤 것들은 흐르지 않고
깊이 가라앉아 우리를 지탱하는 닻이 된다."

모르는 척 지나친 안부

오래도록 연락이 없다가
어느 날 갑자기 생각나는 사람이 있다.
하지만 우리는 종종 모르는 척 지나간다.
그럴 때마다 마음 한편에 짧은 파장이 인다.

말 한마디 건네는 것만으로도
서로를 조금 더 가깝게 느낄 수 있을 텐데,
그 말은 입술 끝에서 맴돌다 사라진다.

모르는 척 지나친 안부에는
의도치 않게 무심해진 마음이 담겨 있다.

아니면 더 깊은 감정을 나누기 전에

그 안부가 더는 중요하지 않다고

여겨버린 것일지도 모른다.

진심 어린 관심을 확인하고 싶으면서도,

동시에 그 확인이 주는 부담을

피하고 싶은 마음이 공존한다.

그래서 안부를 묻지 않은 채

편안한 거리를 유지하려 한다.

하지만 거리가 멀어질수록

보이지 않는 벽이 생기고,

묻지 않은 안부들이 그 벽을 더 높이 쌓아간다.

모르는 척 지나친 안부에는 미련이 남는다.

미련은 시간이 지날수록 커지고,

조금씩 우리를 아프게 한다.

그냥 물어보았더라면,

한 번 더 확인했더라면

서로를 더 이해할 수 있었을 텐데.

묻지 못한 말들이 가슴에 차곡차곡 쌓여간다.

하지만 지나간 시간은 돌이킬 수 없다.
말하지 않은 순간들이 우리 사이에 남겨져 있고,
그 후회는 각자의 몫으로 남는다.

그러니 더는 후회하지 말자.
모르는 척 지나치지 말고
솔직하게 물어보자.
어떻게 지냈냐는 사소한 물음이
어쩌면 우리가 놓친 것을 다시 되찾는
첫걸음이 될지도 모른다.

그리고 그 물음이
서로를 다시 이어줄 수 있다면,
우리는 더 이상 안부를 지나치지 않을 것이다.
그때 우리는 깨닫게 될 것이다.
배려와 관심이 담긴 말 한마디가
얼마나 큰 힘을 갖는지를.

　"'잘 지내니?'
　우리의 관계는 어쩌면 이 작은 한마디로
　이어지고 있는지도 모른다."

아픔을 품고도 살아갈 수 있다면,

그것은 이미 이겨내고 있다는 뜻이다.

4장.

봄

구름이 걷히듯

사는 게 쉽지 않을 때가 있다.

창밖은 여전히 어둡고 알람 소리는 무겁게 울린다.

이불 속에서 세상과 마주할 용기를 간신히 찾는 날들.

하루를 겨우 버티며 자신을 탓하게 되는 순간들.

어디서부터 잘못되었는지,

왜 이렇게까지 힘든지 알 수 없을 때가 많다.

그럴 때는 너무 애쓰지 않아도 괜찮다.

무너지지 않으려 자신을 억누르지 않아도 된다.

살다 보면 누구나 흔들리고,

가끔은 완전히 주저앉을 때도 있다.

흔들린다는 것은 살아 있다는 증거다.

무너질 것 같은 순간에도

그 안에서 중심을 찾아가는 것이 진짜 단단함이다.

때로 기대고 싶지만

항상 곁에 있어줄 수 있는 사람은 없다.

결국 나를 끝까지 지켜줄 수 있는 사람은

자신뿐이다.

내가 나를 위로할 수 있을 때

우리는 무너지지 않고 버틸 수 있다.

작은 위로라도 괜찮다.

지금까지 잘해왔다고,

스스로에게 말해주는 연습이 필요하다.

타인의 인정보다 스스로를 믿는 마음이 더 소중하다.

무너지지 않는다는 것은

계속 달리기만 한다는 뜻이 아니다.

멈춰설 줄 아는 용기,

쉬어갈 줄 아는 태도도 포함된다.

지친 마음을 끌어안고

자신을 다그치지 않는 태도,

그 자체가 견디는 힘이 된다.

산이 높다고 계속 오를 수는 없다.

가끔은 계곡에 앉아 맑은 물소리를 들으며

흐르는 바람에 몸을 맡겨도 좋다.

구름이 걷히듯 마음도 흐렸다가 맑아진다.

조용히 눈을 감는 그 순간에도

우리는 여전히 살아가고 있다.

쉼을 허락하는 마음은 약함이 아니라,

다시 일어설 준비를 하는 강함이다.

무너지지 않는다는 것은

넘어지지 않았다는 뜻이 아니라

다시 일어나기를 선택하는 마음이다.

아무도 알아주지 않아도 괜찮다.
내가 나를 지켜내고 있다는 사실만으로 충분하다.

스스로에게 더는 엄격해지지 않기를.
오늘을 버틴 당신은 이미 충분히 강하다.

단단한 나무도 폭풍 앞에서는 휘어진다.
그리고 그 유연함이 다시 봄을 맞는 힘이 된다.

쓰러져도 다시 일어서는 것,
그것이 우리가 선택할 수 있는
가장 아름다운 용기다.

"구름이 산을 덮었다가 걷히듯
우리의 마음도
흐려졌다 때로는 맑아진다."

나에게 무해한 삶

우리는 살아가면서
누군가에게 상처 주지 않으며 노력한다.
말을 고르고, 행동을 조심하고,
상대가 불편해하지 않도록
스스로를 다듬고 조정한다.

하지만 문득 그런 생각이 들었다.
'나는 나에게 얼마나 다정했을까.'
'나는 나에게 얼마나 무해한 사람이었을까.'

살다 보면,

우리는 알게 모르게
스스로를 힘들게 하는 선택을 한다.
하고 싶지 않은 일을 하면서도
애써 괜찮다고 말하고,
지나치게 무리하면서도
다들 이 정도는 한다며 자신을 다그친다.

하지만 이제는 알 것 같다.
나는 늘 나 자신에게 무심했다.

나에게 무해한 삶이란,
나를 조금 더 살펴보는 것이다.
하고 싶지 않은 일을 억지로 하지 않고
불필요한 관계에 애쓰지 않으며
무리한 기대를 스스로에게 강요하지 않는 것.

그리고 무엇보다
자신에게 좀 더 너그러워지는 것.
지금 이대로도 괜찮다고,
조금 느리고,
부족해도 괜찮다고

내가 나에게 말해주는 것.

그렇게 나를 덜 아프게 하는 일이
나에게 무해한 삶일지도 모른다.

우리는 늘 남을 먼저 배려하며 살아간다.
하지만 이제는
나에게도 조금은 너그러워지고 싶다.
세상에 무해한 사람이 되기 전에,
먼저 나 자신에게 무해한 사람이 되고 싶다.

내가 나를 지켜낼 때,
비로소 더 건강하게 살아갈 수 있을 테니까.

"세상에 무해한 사람이 되기 전에,
먼저 나에게 무해한 사람이 되고 싶다.
그게 나를 지키는 첫걸음이니까."

보이지 않는 힘

시간이 지나면 모든 게 흐려질 줄 알았다.
잊고 싶었던 얼굴, 아프게 남은 기억들,
마음속에 새겨진 단어들까지.

하지만 어떤 흔적들은
시간의 파도에 씻기지 않는다.
오래된 벽에 새겨진 낡은 낙서처럼,
나무 밑동의 오래된 상처처럼,
사라지지 않고 그대로 남아
삶을 조용히 감싸고 있다.

가장 잊고 싶던 기억들이
가장 선명하게 남는다.
추억이란 아름답기만 한 것이 아니라,
때로 짙은 그늘을 드리운다.

가끔은 아무 일도 없는 평범한 날에
무심코 스친 바람이 그 기억을 불러왔다.

어딘가에서 들려오는 음악 소리와
낯익은 향기를 품은 누군가의 뒷모습이
기억 속에 묻어두었던 흔적을
다시 떠오르게 했다.
그러자 아물었다고 믿었던 마음은
다시금 아파왔다.

하지만 언젠가부터
그 흔적들을 받아들이기 시작했다.

지금껏 살아온 모든 시간이
흔적이 되어 나를 이룬 것이니까.
좋았던 순간만 남길 수는 없었다.

아팠던 날도, 눈물로 젖은 기억도
결국에는 내 인생의 한 부분이었다.
상처는 흔적을 남기지만
그 덕분에 조금 더 단단해질 수 있었다.

어떤 기억은 여전히 아프고,
어떤 기억은 미소 짓게 만들었다.
시간이 흐른다고 사라지는 것은 아니지만
적어도 이제는 그 흔적에 걸려 넘어지지 않는다.

그 모든 순간들이 있었기에
나는 더 강해졌고,
더 많은 것을 이해하는
사람이 되었다.

지워지지 않는 흔적들은
나를 무너뜨리기 위해 남은 것이 아니라,
지탱하는 힘이 되기 위해
조용히 내 삶에 머물고 있다.

"지워지지 않는 흔적들은

나를 무너뜨리기 위해 남은 것이 아니라,

지탱하는 힘이 되기 위해

조용히 내 삶에 머물고 있다."

오늘, 단 한 번뿐인 하루

오늘 하루도 어제와 비슷하게 시작된다.
같은 알람 소리에 잠에서 깨고,
눈을 뜨면 익숙한 창밖 풍경이 눈에 들어온다.
늘 마시던 커피 한잔,
익숙한 거리와 반복되는 일상.
그 속으로 우리는 걸어 들어간다.

모든 것이 어제와 닮았지만
오늘은 분명 다른 하루다.
아직 일어나지 않은 일들이
어디선가 조용히 나를 기다리고 있다.

익숙함 속에서도 새로운 순간들은

늘 예상치 못하게 찾아온다.

길을 걷다 보면

평소에는 보이지 않던 것들이 눈에 들어온다.

녹음 짙은 가로수,

바람에 흔들리는 작은 꽃잎,

누군가의 환한 웃음소리.

늘 지나치던 카페 창가에는

새로운 손님이 앉아 있고,

같은 버스를 타도

풍경은 매일 조금씩 변해 있다.

비슷해 보이는 일상 속에서

새로움은 그렇게 조용히 스며든다.

평범한 오늘도

다시 돌아오지 않을 유일한 하루가 된다.

새로운 하루를 만드는 것은

커다란 변화나 극적인 사건이 아니라

아주 작은 순간들이다.

익숙한 길 위에서

조금 더 천천히 걷는 것.

의미 없는 대화에서

따뜻한 한마디를 발견하는 것.

자신에게 잠시 쉬어가라고

조용히 말해주는 것.

변하지 않는 일상에서도

새로운 하루를 만들어가는 것은

익숙함을 바라보는 새로운 시선 덕분이다.

익숙하다고 해서 그 하루가 의미 없는 것은 아니다.

어제와 똑같아 보여도,

오늘은 다시 돌아오지 않을 단 한 번뿐인 날이다.

지금껏 걸어온 길이 익숙할지라도

오늘은 분명 새로운 선택이 기다리고 있다.

매일 같은 해가 뜨고 지지만

그 안에 담긴 순간들은 결코 같지 않다.

익숙하지만 새로운 하루.

그 안에서 작은 변화들을 발견하며

나는 다시 한 걸음을 내딛는다.

"새로운 하루를 만드는 것은
커다란 변화나 극적인 사건이 아니다.
아주 작은 순간들이
나의 하루를 달라지게 만든다."

그가 떠난 자리에도 꽃은 핀다

그가 떠난 자리에는 아직 미묘한 온기가 남아 있었다. 마치 금방이라도 돌아올 것처럼 찻잔은 그대로 남아 있었고, 창가에는 그가 좋아했던 음악이 조용히 흐르고 있었다. 하지만 잔을 손에 쥐는 순간 차갑게 식은 온도가 그의 부재를 더욱 선명하게 만들었다. 음악은 흐르는데, 익숙한 목소리는 더 이상 들리지 않았다.

함께 앉았던 벤치에 다시 앉았다. 햇살은 여전했지만, 온기는 내 곁에 머물지 않았다. 한때는 나란히 웃던 자리였는데, 이제는 나 혼자였다. 벚꽃 잎이 흩날리는 순간, 바람에 실려 그의 흔적도 덧없이 사라지는 듯했다.

"우리 내년에도 여기서 벚꽃 보자."

그가 남긴 말은 이제 공허한 메아리처럼 마음에 남았다. 그때는 그 말이 약속이라 믿었지만, 지나고 보니 기도에 가까웠다. 함께할 수 있기를 바랐던, 그러나 이루어지지 못한 바람.

시간이 지나도 그의 부재는 쉽게 익숙해지지 않았다. 웃음소리, 손길, 늦은 밤 나눈 대화까지. 모든 기억이 또렷했다. 처음에는 그리움이 아픔만을 남겼지만, 그 기억들은 어느새 따뜻함도 함께 데려왔다. 그가 없는 자리도 이제 추억이 머무는 공간이 되었다.

어느 날, 창가의 화분에서 작은 새싹이 올라왔다. 떠난 후에도 습관처럼 물을 주었던 그 자리에서, 아주 조용히 생명이 자라나고 있었다. 그때 깨달았다. 내가 사라진 것만을 붙잡고 있던 사이에도 변화는 시작되고 있었음을.

그의 부재는 여전히 나를 아프게 하지만 지금은 그리움 또한 삶의 일부가 되었다. 다시 그 벤치에 앉아 벚꽃이 흩날리는 모습을 바라본다. 약속은 지켜지지 않았지만

나는 안다. 그가 남긴 빈자리에서도 꽃은 다시 피어난다
는 것을.

계절이 흐르고 꽃이 피듯,
나도 조금씩 달라지고 있다.

떠난 사람의 흔적은
바람처럼 스쳐가지만, 사라지지는 않는다.
그리움은 가끔 봄바람에 실려오고,
기억은 마치 흩날리는 꽃잎처럼
내 곁을 맴돈다.

그가 떠난 자리에도
계절은 다시 찾아온다는 것을.
나는 이제 안다.

바람에 실려온 꽃잎이 손끝에 스칠 때마다
그의 부재를 떠올리지만,
그리움은 더 이상 나를 아프게만 하지 않는다.
이제는 그와 함께했던 계절을 품고,
새로운 계절을 맞이할 수 있을 것 같다.

"떠난 사람의 흔적은 바람처럼 스쳐가지만,

사라지지는 않는다.

그리움은 가끔씩 봄바람에 실려오고,

기억은 마치 흩날리는 꽃잎처럼

내 곁을 맴돈다."

머무는 계절

시간이 흐르면서
함께했던 사람들이 조용히 사라진다.
한때 인생의 한 부분을
차지했던 사람들,
언제나 곁에 있을 것만 같았던 이들이
아무런 인사도 없이 떠나간다.

어떤 이는 천천히 멀어지고,
어떤 이는 너무 빠르게 사라져간다.
처음에는 그저 거리가 생겼다고 생각했다.
하지만 시간이 지나면서

그들은 일상 속에서 점점 흐릿해졌고,

기억 저편으로 희미하게 스며들었다.

사라지는 사람들은 말없이 떠난다.

이유를 묻기도 전에

우리 곁을 지나가버린다.

미리 경고하지 않고

어느 날 조용히 ㄴ곁을 떠난다.

서로의 변한 마음 때문일 수도,

시간이 흘러 자연스레 멀어진 것일 수도 있다.

이유는 말로 하지 않아도 굳이 설명하지 않아도,

자연스레 알게 된다.

'마지막 통화가 그렇게 끝날 줄 알았다면

더 오래 목소리를 들었을까.'

'퇴근길에 마주친 그날,

커피 한잔을 약속했더라면.'

'지하철에서 무심코 지나친 뒷모습이

마지막이 될 줄 알았더라면.'

이런 물음들이 마음을 흔든다.

그러다 알게 된다.

떠나는 사람은 떠나게 되어 있고,

사라짐은 되돌릴 수 없음을.

사라지는 사람들은 흔적을 남긴다.

그들이 머물렀던 시간은 여전히 기억 속에 남아

아물지 않는 상처로

때로는 따뜻한 추억처럼 나를 흔든다.

그들은 나의 일부가 되어,

떠나도 여전히 그 자리에 머문다.

잊지 않는 한,

그들의 존재는 사라지지 않고

언제든 삶의 한 부분으로 조용히 고개를 든다.

사라지는 사람들을 붙잡을 수는 없다.

다들 이미 각자의 길을 걸어가고 있고,

그 길은 더 이상 나와 교차하지 않는다.

그들을 떠나보내는 일은

익숙해지지 않는 고통이지만,

삶은 결국 그런 이별들의 연속이다.

사라지는 사람들은 소중했던 순간을 남기고 떠난다.
그 순간들은 손에 잡히지 않지만
그때의 기억과 나를 간직하며,
조용히 그들을 보내는 연습을 해야 한다.

떠나는 이들의 뒷모습은 점점 멀어지지만,
남겨진 온기는 오래도록 마음을 감싼다.

그들이 떠나간 자리에
계절이 바뀌듯 새로운 사람들이 찾아오고
나는 또다시 누군가의 일상이 되는 연습을 한다.

그렇게 우리는 모두
서로의 인생에 잠시 머무는 계절이 되어
찾아왔다가 스러지고, 다시 피어난다.

"우리는 모두 서로의 인생에
잠시 머무는 계절이 되어 찾아왔다가
스러지고, 다시 피어난다."

조용한 용기

어떤 아픔은 사라지지 않는다.
시간이 지나면 잊힐 거라 믿었던 기억들이
어느 조용한 밤, 바람처럼 다시 스며든다.

오래전에 아물었다고 믿었던 상처가
예고 없이 마음을 두드리고,
묻어두었던 감정들이 천천히 고개를 든다.

아픔은 사라지는 게 아니라
어디선가 가만히 기다리고 있다가
가장 약해진 순간 조용히 다가온다.

하지만 그 아픔이 나를 완전히 무너뜨리지는 못한다.

아픔을 품고 살아간다는 것은
결국 자신을 지켜내는 조용한 결심과도 같다.

매일 아침 거울 앞에 서서
어제의 나를 마주하고
오늘의 나를 받아들이는 일.
무거운 발걸음으로도
앞으로 나아가는 일.

누구에게나 말하지 못한 상처가 있다.
겉으로는 사소해 보이지만
자신에게는 결코 작지 않은 아픔이 있다.

누군가에게 상처받았던 기억,
누군가를 잃었던 순간들,
그 모든 것들이 마음에 남아
지울 수 없는 흔적이 된다.

그 상처들은 여전히 아프지만,

이제 더는 피하지 않기로 했다.
어차피 함께 살아갈 상처라면
조금 더 따뜻하게 품기로 했다.

상처를 없애려 애쓰던 시간들이 있었다.
하지만 이제는 안다.
살면서 만나는 아픔들이
우리를 시험하려는 것이 아니라
마음이 얼마나 넓어졌는지,
얼마나 더 깊어졌는지를 보여주는 것임을.

아픔이 없는 날들은 없지만,
그 덕분에 조금 더 넓은 마음을 갖게 되었다.
아프다는 것은 어쩌면
여전히 누군가를 사랑하고,
그 사랑을 잃은 슬픔까지 기억하고 있다는
증거일지도 모른다.

아픔을 품고도 살아갈 수 있다면,
그것은 이미 이겨내고 있다는 뜻이다.
더는 그 아픔에 휘둘리지 않는 것,

상처가 삶의 전부가 아님을 깨닫는 순간
나는 더 이상 약한 사람이 아니다.

여전히 그 상처를 안고도
사랑하고 웃고, 내일을 기대할 수 있다면
그것으로도 충분하다.

아픔 속에서도 다시 사랑하고,
다시 살아가기로 선택하는 것.
그 결심이야말로
우리가 가진 가장 위대한 용기이다.

"어떤 아픔은 사라지지 않는다.
시간이 지나면 잊힐 거라 믿었던 기억들이
어느 조용한 밤, 바람처럼 다시 스며든다."

작은 불씨들

살다 보면 모든 것이 다 끝난 것처럼 느껴지는 날이 온다.

아무리 노력해도 달라지지 않는 현실,
믿었던 것들이 무너지는 순간들,
아무도 나를 붙잡아주지 않는 듯한 공허함.

그럴 때마다 희망이란 단어는 너무나 멀게만 느껴진다.

하지만 그 순간에도 희망은 조용히 자리하고 있다.
마음 한구석, 아직 끝나지 않았다는
작은 불씨가 따뜻하게 남아 있기 때문이다.

희망은 커다란 변화에서 시작되지 않는다.
사소하고 작은 것들이 조용히 그 자리를 만든다.

지친 하루 끝에 마시는 따뜻한 차 한잔,
누군가 무심히 건넨 다정한 인사,
서늘한 밤공기 속에서 느껴지는 작은 온기.

이 모든 것들이
살아가야 할 이유가 됨을
살면서 조금씩 깨닫는다.

희망은 대단한 약속이 아니라
지금 내 곁에 있는 소중한 순간들이다.

넘어져도 다시 일어날 수 있는 힘,
길을 잃었어도 다시 찾을 수 있는 용기.
그 모든 것들이 희망에서 온다.

희망은 멀리 있는 목표가 아니라
내가 내일을 선택하는 이유이다.
아무도 응원하지 않아도,

아무것도 확신할 수 없어도

스스로를 믿고 나아가는 힘.

희망을 놓지 않으려는 이유는

희망이 나를 놓지 않기 때문이다.

아무리 어두운 날이 와도,

어떤 시련이 닥쳐와도

희망은 늘 내 안 어딘가에서

조용히 기다리고 있다.

희망이 때로는 끝이 보이지 않는

기다림처럼 느껴지기도 한다.

하지만 그 끝에 다다르기 전까지는

아무것도 확신할 수 없다.

모든 것이 멈춘 듯해도,

아직은 다시 시작할 수 있는

순간이 남아 있기에 희망을 놓지 않는다.

희망은 미래에 대한 약속이 아니다.

오늘 하루를 견디게 만드는 선택이다.

내가 내일을 향해 다시 걸어가는 이유,

넘어졌던 자리에서 다시 일어나는 힘이다.

"희망은 거창한 약속이 아니라,

지금 당장 내 곁에 있는 소중한 순간들이다."

나는 나의 집이 된다

어느 날 문득 깨달았다.
그동안 자신을 가장 힘들게 만든 사람이
다름 아닌 나였음을.

작은 실수에도 스스로를 몰아세우고,
다른 사람의 시선에 흔들리며
늘 더 잘해야 한다고 다그쳤던 날들.

하지만 이제는 안다.
사랑받기 위해 완벽해질 필요는 없음을.
있는 그대로의 나를 조용히 안아줄 때

나를 사랑하는 첫걸음이 시작됨을.

스스로를 사랑하기 시작한다는 것은
완벽해지려는 노력을 멈추는 일이다.

타인을 위해 끊임없이 이해하고 배려했던 마음을
나 자신에게도 건네는 것.
항상 남을 먼저 생각하느라 지친 마음에게
조금은 쉬어가도 괜찮다고 말해주는 것.

스스로에게 작은 위로를 건넬 때,
지친 어깨는 조금씩 가벼워지고
마음속 어둠은 희미해진다.

자신을 사랑하기 시작한다는 것은
남의 기준에서 벗어나
나만의 기준을 세우는 일이다.
더는 비교하지 않고,
다른 사람의 시선을 의식하지 않으며
나만의 속도로 살아가는 용기를 내는 일이다.

때로 부족해 보일 수도 있다.

남들보다 늦어 보일 수도 있다.

하지만 서두르지 않아도 괜찮다.

내 인생은 나만의 것이니까.

내가 선택하고

의미를 부여하면

삶은 자유로워진다.

스스로를 사랑하기 시작하면

다른 사람의 인정은 필요 없어지고,

오롯이 나의 삶을 살아갈 힘을 얻게 된다.

삶이 힘겹게 느껴지는 날에도

나를 탓하지 않고,

내가 나의 가장 든든한 편이 되는 일.

스스로를 사랑하기 시작하는 순간,

나는 나의 집이 되어

어떤 고된 날에도 돌아갈 곳을 갖게 된다.

"스스로를 사랑하기 시작할 때,

나는 나 자신에게 돌아온다.

더 이상 기대지도, 숨지도 않고,

그저 있는 그대로의 나로 살아가게 된다."

느리게 걷는 사람들의 풍경

한적한 평일 오후,

바닷가에서 날아다니는 갈매기들을 바라본다.

배를 묶는 기둥 위에 앉으려

분주히 움직이는 모습이 눈에 들어온다.

겉으로 보기에는 평화로운 풍경이지만

자세히 들여다보면

살아 있는 모든 것이 저마다의 방식으로

부단히 애쓰고 있다.

그렇다면 우리는

어떤 모습으로 살아가고 있을까.

그 광경을 보며 깨닫는다.
우리의 삶도 이와 다르지 않음을.

가끔은 사는 게 경쟁처럼 느껴진다.
다들 앞서가려 애쓰고,
조금이라도 뒤처지면 실패한 사람처럼 보인다.

그러나 가만히 바라보면,
세상은 빠르게 달리는
사람들만을 위한 곳이 아님을 알게 된다.
서두르지 않아도,
빠르게 달리지 않아도,
자신만의 속도로 길을 걷는 사람들이 있다.

나만의 속도로 살아가는 것은
포기하는 일이 아니다.
오히려 나를 지키는 선택일지도 모른다.

다른 사람들은 앞서가는 것처럼 보이고,

나는 늘 제자리에 있는 것만 같다.

그러나 사람마다 도착해야 할 곳은 다르고,

걸어가는 길 역시 제각기 다르다.

늦었다고 느껴질 때도 괜찮다.

내 인생의 방향을 향해

할 수 있는 만큼만 내딛으면 된다.

서두르지 않고 천천히 걷더라도,

원하는 곳에 닿을 수 있다는 믿음이 있다면

그것으로 충분하다.

느리게 걷는 사람들만이

볼 수 있는 풍경이 있다.

길가에 떨어진 가을 낙엽,

고요한 오후의 햇살,

작은 새소리를 들을 수 있는 여유.

삶은 속도가 아니라,

어떤 순간을 마음속에 품을 수 있는지

그 깊이에서 결정된다.

더 빨리, 더 멀리 가려는

욕심을 내려놓는 순간,

내가 진정으로 원하는 것들이

보이기 시작한다.

이제는 안다.

빨리 가는 사람만이 꼭 강한 것은 아님을.

넘어져도 다시 일어날 수 있는 사람,

천천히 걷더라도 멈추지 않는 사람이

끝내 자신의 길을 찾아간다는 것을.

"빠르게 지나가는 것들 속에서는

소중한 순간들이 쉽게 놓쳐지고는 한다.

그러나 느리게 걷는 사람들만이

볼 수 있는 풍경이 있다."

세상에 휘둘리지 않는 마음

오늘도 세상은 분주하다.
지하철에서, 거리에서, 카페에서
저마다의 속도로 다들 바쁘게 움직인다.

누군가는 더 앞서 나아가려 애쓰고,
누군가는 그 자리에 버티고 서 있다.
마치 거센 파도 속에 있는 것 같다.
어떤 이는 높은 물결을 타는데,
어떤 이는 겨우 떠 있기 위해서
안간힘을 쓴다.

그 속에서 나는 어떤 모습일까.

나도 모르게 세상에 휩쓸릴 때가 있다.
더 멀리 가야 할 것 같고,
더 높이 올라야 할 것 같고,
더 대단한 사람이 되어야 할 것만 같다.

하지만 세상에 휘둘리지 않는 마음이란
바다 한가운데 묵묵히 서 있는 등대 같은 것이다.

거센 파도가 밀려와도
자신이 있어야 할 자리에서
조용히 빛을 비추는 마음.

어떤 날은 짙은 안개 속에서도,
어떤 날은 폭풍우 속에서도
등대는 그저 자신의 빛을 낸다.
그 빛이 누군가에게 닿을 것이라 믿으며,
흔들리지 않고 자리를 지킨다.

세상은 늘 우리에게 무언가를 요구한다.

마치 거센 파도가 등대를 덮치려 하듯이.
하지만 그 모든 요구에 흔들릴 필요는 없다.

세상에 휘둘리지 않는 마음,
그것은 결국 나를 사랑하는 마음이다.
내가 선택한 삶을 있는 그대로 받아들이고,
자신을 지키려는 다짐.

오늘도 지하철 안은 분주하고,
거리는 숨 가쁘게 움직인다.
그 속에서 작은 등대처럼 내 자리를 지킨다.

세상의 거센 파도 속에서도
나만의 빛을 잃지 않기로 했다.

"거센 파도 속에서도
등대는 그저 빛을 낸다.
그것이 누군가에게 닿을 것이라 믿으며
흔들리지 않고 자리를 지킨다."

눈 닿는 곳에 피는 기쁨

봄날, 문득 창밖을 바라보다
피어난 꽃 한 송이를 발견했다.
아무도 심지 않았는데,
아무도 물을 주지 않았는데
그저 그렇게 피어 있다.

행복도 그런 것이 아닐까.
흔히들 행복은 얻는 것이라고 생각한다.
더 많은 돈, 더 좋은 집, 원하는 목표를 이루는 것.
하지만 그런 것들을 이룬 사람들조차
여전히 행복을 찾는 중이라고,

찾고 있다고 말한다.

어쩌면 행복은 무언가를 가져야만
생기는 것이 아닐지도 모른다.
어디선가 찾아와주는 것이 아니라,
이미 곁에 와 있는 것을 발견하는 일일지도 모른다.

창문 너머로 들어오는 따뜻한 햇살,
아침에 마시는 한잔의 커피,
별다른 일 없이 지나가는 조용한 하루.
그 속에 스며든 작은 기쁨들.

자꾸만 행복을 찾아나서게 된다.
더 멀리, 더 높이,
무언가를 이루어야만
행복할 거라고 믿는다.
하지만 그렇게 애써 찾아 헤맬수록
행복은 더 멀어지는 듯하다.

행복을 위해 무언가를
얻어야 한다고 생각하는 순간,

불행해진다.

지금 이 순간이 아니라,

언제 올지 모르는

더 나은 순간을 기다리게 되니까.

행복은 특별한 순간에만 있는 것이 아니다.

소소한 일상 속, 별다를 것 없는 날들 속에

이미 자리 잡고 있다.

좋아하는 노래를 들으며 걷는 길,

따뜻한 국 한 순갈에 스며든 안온함,

아무 일 없이 흘러가는 평범한 시간들.

그런 순간들이 모여 결국 우리의 하루를 채운다.

행복은 어쩌면

고요한 일상 속에 숨어 있는

보물찾기일지도 모른다.

굳이 찾으려 하지 않아도

고개를 들어 주위를 바라보면

이미 거기에 있다.

"행복은 찾아가는 것이 아니라,

지금 이 순간에서 발견하는 것."

무 심 한 하 루 의 위 로

어떤 날들은 그저 지나간다.

기억할 만한 사건도, 특별한 순간도 없이

하루가 흘러가고,

나는 그 하루를 붙잡을 새도 없이

스쳐가는 시간 속에 서 있다.

익숙한 풍경과 반복되는 일상,

늘 같은 인사와 습관처럼 오가는 말들.

무심코 지나가는 듯하지만,

언젠가 가장 그리워할 순간이 될지도 모른다.

시간은 언제나 소중한 조각들을 남긴다.
알아채지 못했을 뿐,
어떤 날은 나도 모르게
마음속 어딘가에 깊은 흔적을 새기고 있다.

어느 날 문득,
사소했던 것들이 떠오를 때가 있다.
무심코 지나친 인사,
늘 같은 자리에서 들려오던 익숙한 발소리,
조용히 닫히던 문소리까지도.

그때는 몰랐다.
아무렇지 않게 지나쳤던 순간들이
나를 이루는 일부가 될 줄은.
잊고 살아가던 수많은 순간들이
사실은 깊은 위로로 남아 있었다.

우리는 의미 있는 것들을 찾으려 애쓰지만,
정작 소중한 것들은
늘 조용하게,
우리 곁을 지나가고 있었다.

익숙한 골목을 걷다가
문득 떠오르는 얼굴들이 있다.
짧은 인사 한마디, 스쳐 지나간 다정한 시선,
멀리서 건네던 작은 걱정들.

그들은 나를 기억하지 못할 수도 있다.
하지만 나는 가끔씩 그 순간들이 떠올라
마음이 따뜻해진다.

어쩌면 나의 사소한 행동도
누군가에게는 오래도록 남아
위로가 되었을지 모른다.

시간은 앞으로 흐르지만,
그 안에서 사라지는 것은 없다.
지나간 시간 속에서
우리의 하루는 조용히 기억된다.

한때는 무의미하게 느껴졌던 날들이
사실은 나를 더 깊은 사람으로 만들어주고 있었다.

스쳐가는 하루에도 의미는 있다.

그 의미들은 언젠가

어떤 추억으로,

위로로,

그리움으로

마음 깊은 곳에 남아

조용히 나를 살아가게 만들 것이다.

"시간은 앞으로 흐르지만,

그 안에서 사라지는 것은 없다.

지나간 시간 속에서 우리의 하루는

조용히 마음의 기억이 된다."

아버지의 지도

내비게이션이 처음 나왔을 때, 아버지가 말씀하셨다.

"내비게이션만 보고 다니면
나중에 길을 모르게 된다.
너무 의지하지 말고,
직접 지도를 펴서 길을 외워둬야 한다."

그 말이 이해되지 않았다.
내비게이션은 단순히 길을
안내하는 것뿐만 아니라
방지턱과 과속 단속 카메라,

심지어 가장 빠른 경로까지 알려주는데
굳이 종이 지도를 보며
길을 외울 필요가 있을까 하는 의문이 들었다.

이제는 누구나 내비게이션을 사용하고,
길을 직접 외우려는 사람은 거의 없다.
그 말을 하신 아버지도
지금은 운전하실 때 내비게이션을 켠다.
나 역시 내비게이션을 켜고 다녔고
세상도 그렇게 흘러갔다.

그리고 나는 지금에서야 그때 아버지의 말씀이
어떤 의미였는지 깨달았다.

기술은 편리함을 가져다준다.
하지만 그 속에서
우리가 놓치는 것들이 있다.
내비게이션을 따라가면 길을 쉽게 찾을 수 있지만,
막상 그 길을 혼자 걸을 수 있을까?

모든 것이 자동으로 제공되는 시대다.

사람들은 더 이상 길을 외우지 않고,

정보를 기억하지 않으며

스스로 생각하는 시간을 점점 잃어간다.

변화에 적응하는 것도 중요하지만,

그 과정에서 스스로 길을 찾는 능력을

잃어서는 안 된다.

길을 잃는다는 것은 단순히

방향을 모르는 것이 아니다.

자신의 선택을 믿지 못하고,

어떤 길이 맞는지 고민하지 않는 것이다.

때로는 길을 잃어도 좋다.

헤매는 과정에서 새로운 길을 발견하고,

그 길을 걸으며 자신만의 지도를 그려갈 수 있으니까.

편리함이 당연해진 시대일수록,

가끔은 내비게이션을 끄고

낯선 길을 걸어보는 용기가 필요하다.

내비게이션이 없던 시절에도

사람들은 길을 찾았다.
우리 안에는 여전히
길을 찾는 감각이 살아 있다.

길을 잃고
가끔은 돌아가더라도,
그 모든 순간이 결국
우리를 앞으로 나아가게 한다.

길을 잃는 순간에도,
우리는 새로운 길을 만들어가고 있다.
그렇게 인생은 내비게이션 없이도
각자의 방식으로 이어진다.

"때로는 길을 잃어도 좋다.
헤매는 과정에서 우리는 새로운 길을 발견하고,
그 길을 걸으며 자신만의 지도를 그려간다."

어른의 관계에는 마침표가 없다

초판 1쇄 인쇄 2025년 5월 23일
초판 1쇄 발행 2025년 5월 30일

지은이 김재식
펴낸이 최순영

출판1 본부장 한수미
라이프 팀장 곽지희
편집 이선희
디자인 김준영

펴낸곳 ㈜위즈덤하우스   **출판등록** 2000년 5월 23일 제13-1071호
주소 서울특별시 마포구 양화로 19 합정오피스빌딩 17층
전화 02) 2179-5600   **홈페이지** www.wisdomhouse.co.kr

ISBN 979-11-7171-428-5 03810